VICTOR ET GUSTAVE

© Salem Wolf 2017
salemwolf.ca
Les éditions du Grand Méchant Loup
Grandmechantloup.ca
ISBN 978-0-9953477-1-7

SALEM WOLF

VICTOR ET GUSTAVE

roman

LES ÉDITIONS DU
GRAND
MÉCHANT
LOUP

À Max

Les chiens ont le sourire dans la queue.
Victor Hugo

Victor

Rien ne semble pouvoir bouleverser l'existence tranquille de Victor. Arborant un petit bedon — témoin de son mode de vie sédimentaire — ce pharmacien célibataire s'estime pleinement satisfait de son traintrain quotidien.

Tous les matins, journal sous le bras et sac à lunch en main, Victor prend l'autobus pour se rendre à la pharmacie de la rue Beaubien. Cela fait maintenant quinze ans qu'il en est propriétaire et il en est très fier. Lorsqu'il descend à l'arrêt, à moins de trois-cents mètres de son travail, il ne manque jamais de saluer Paulette, qui sort ses présentoirs, sur le trottoir. Puis, il traverse la chaussée pour prendre son latté que lui tend Marcel sitôt qu'il franchit le pas du café L'hirondelle.

Chaque jour la même chose. Certains pourraient sans doute s'en lasser, se dit Victor tout en continuant son chemin, mais, pas lui. « La routine c'est comme les tartines : c'est collant et réconfortant ! », lui avait dit un jour en riant, un client bien plaisant.

Lorsqu'il arrive enfin devant son commerce, il gonfle le torse de fierté face à la devanture qui arbore son nom plutôt que celui d'une grande chaine. Dès qu'il passe la porte, il s'empresse de retourner l'écriteau du côté « Ouvert ». À l'intérieur, tout est propret et lumineux. Le décor est un peu vieillot, « champêtre » corrigerait Victor s'il entendait.

Sur le mur près de la caisse, le pharmacien sourit à la multitude de petites annonces : une portée de chatons à donner ; des cours de piano ; un appartement à louer et l'avis qu'un grand marché aux puces se tiendra sur le terrain de l'église. Bien que (pour un être ordonné comme lui) cela fasse, un peu fouillis, il aime le caractère communautaire du service. Il connait chacune des personnes qui lui ont demandé la permission pour apposer ces billets. « Ça, c'est être un commerçant de quartier i-n-d-é-p-e-n-d-a-n-t à l'écoute de sa clientèle ! » se dit-il fièrement avant de troquer sa veste de tweed pour un sarrau blanc.

Comme tous les jeudis, c'est le jour des livraisons et Victor est plus occupé qu'à l'ordinaire. On apporte des médicaments, qu'il doit signer ; il reçoit aussi la visite d'un représentant, qui lui laisse des échantillons et André, qui vient remplir le présentoir de pastilles et autres douceurs — et qui reste toujours un peu plus longtemps pour discuter de la pluie et du beau temps.

Bientôt, c'est la fin de journée et le moment de retourner l'écriteau sur « Fermé » puis de verrouiller la porte. « Demain, on prédit des orages », se souvient Victor « mais c'est aussi vendredi et les gens sont toujours heureux à la veille du weekend », se conforte-t-il en tournant la clef.

Après un trajet d'autobus d'à peine quinze minutes, Victor réintègre sa petite maison de banlieue. Bien qu'il y habite seul, c'est une bonne odeur de cannelle qui l'accueille. Un arôme qui lui rappelle son enfance et les brioches que sa mère sortait du four à son retour de l'école.

« Hum… », soupire-t-il, se remémorant ces instants gourmands. Il revient toutefois vite à la réalité, se souvenant que l'illusion est produite par un aérosol branché au mur. Un dispositif qui projette des gouttes d'arôme artificiel dès qu'il passe devant son détecteur de mouvement intégré. Un des rares gadgets modernes qu'il utilise, jugeant le modernisme souvent vulgaire et sans goût.

Une fois son manteau accroché à la patère et ses chaussures bien alignées près de la porte, Victor entame sa routine du soir : tout d'abord, il sort un repas congelé qu'il enfourne pour trente minutes. Durant ce temps, il prépare ses vêtements pour le lendemain, s'assurant que rien ne puisse « jurer » sa mise, car — bien qu'il s'estime quelconque — Victor n'en est pas moins coquet. Toujours tiré à quatre épingles et rasé de près, il ne manque pas — à chaque fois qu'il passe devant une glace — d'inspecter minutieusement son aspect. Comme maintenant, planté devant le miroir de sa commode, il vérifie que ses cheveux sont bien lissés et collés sur le côté. Puis, il ajuste ses lunettes à large monture, qui lui donnent un air sérieux, juge-t-il, satisfait. L'apparence est signe de respectabilité, lui a appris son père — qui, lui, était notaire.

Lorsque la minuterie de la cuisinière lui signale que son diner est prêt, Victor s'installe au salon avec son plateau-repas pour regarder un jeu télévisé. À vingt heures, comme tous les jeudis, il syntonise la chaine 10 pour ne pas manquer son feuilleton préféré, puis, à 21 h, il fait sa toilette et se met au lit.

2

Le jour suivant, peu de temps après l'ouverture de la pharmacie, Victor reçoit la visite de la charmante, mais entreprenante madame Melançon qui, de sa haute et massive stature, s'avance vers le comptoir-caisse d'un air décidé.

— Mon cher monsieur Victor, je peux toujours compter sur vous dimanche n'est-ce pas ?

Interloqué, Victor affiche un air interrogatif, puis fixe son attention sur l'écriteau de la porte qui se balance toujours.

— Vous savez bien, dimanche, la collecte de fonds pour le refuge pour chiens ? demande la matrone en appuyant sur le « ien » de chien d'un accent strident, n'attendant rien de moins qu'une réponse.

Devant l'air d'incompréhension totale qu'affiche le pharmacien, la dame patronnesse martèle :

— Allez ! Il est impératif que vous soyez là, monsieur Victor ! Cela est si important que tous, dans notre charmant village, s'impliquent !

Alors qu'il s'interroge si madame Melançon n'est pas en fait un homme déguisé, Victor tente de se tirer d'affaire en prétextant un empêchement :

— Vous savez, j'aurais bien aimé pouvoir y aller, mais c'est l'automne bientôt et j'ai beaucoup à faire à la maison… dit-il comme excuse.

Devant l'air courroucé de la dame, Victor s'empresse d'ajouter :

— Néanmoins, ce sera avec plaisir que j'apporterai ma modeste contribution à vos bonnes œuvres ma chère madame.

— Oh, je suis tellement déçue ! J'étais pourtant certaine de vous en avoir parlé… D'ailleurs, Margot est bien venue mettre une affiche, non ? demande-t-elle en tournant le regard vers le mur des petites annonces.

N'y voyant pas son affiche, l'imposante femme s'exclame tout haut :

— Oh, celle-là ! Elle va m'entendre !

Rouge de colère, la voilà repartie, les bras ballants, tel un militaire en direction de l'ennemi.

Sachant Margot d'une éternelle distraction, Victor compatit avec la pauvre femme qui devra d'ici peu affronter les foudres de la « générale ».

La sonnette de la porte retentit de nouveau, cette fois pour annoncer l'arrivée de madame Dupré. Comme à chacune de ses visites, la dame ne manque pas de demander l'avis du pharmacien sur des troubles divers qui l'accaparent sinon qu'elle craint. Comme toujours, il lui conseille de consulter son médecin qui, à la suite d'examens, saura lui prescrire le médicament adéquat. Toutefois, Victor sait bien qu'il parle en vain. Néanmoins, il le fait avec plaisir, puisqu'il soupçonne que le réel mal de la vieille femme est la solitude.

Le meilleur remède pour madame Dupré est de lui offrir un peu d'attention pour tromper l'ennui. Et ça, c'est aussi la tâche « d'un commerçant de quartier i-n-d-é-p-e-n-d-a-n-t à l'écoute de sa clientèle ! », se dit-il avant de proposer à la dame de prendre sa pression.

La journée se termine et Victor retourne chez lui pour le weekend. Il n'a pas menti à madame Melançon, il a bien de l'entretien à faire autour de la maison. Mais… il s'est bien gardé de lui dire qu'il aura terminé dans la matinée du samedi !

Comme à son habitude, notre vieux garçon a bien planifié son temps pour ses deux jours de repos : demain matin, il nettoiera les gouttières et vidangera la tondeuse, mais pas avant avoir englouti un copieux petit déjeuner.

Copieux, car s'il ne se contente que d'un bol de gruau la semaine, le samedi, il se permet deux œufs tournés avec bacon et le dimanche des crêpes au sirop d'érable. C'est l'eau à la bouche, que Victor salue le chauffeur d'autobus lorsqu'il monte dans le véhicule.

3

Les tâches du samedi se sont déroulées comme prévu et, le jour suivant, Victor s'accorde son repos dominical. Pourtant, dès sept heures il est déjà réveillé ; l'idée de faire la grasse matinée est vite reléguée lorsqu'il pense aux crêpes au sirop chaudes et luisantes de beurre qu'il va bientôt manger. Il saute donc du lit, fait trois genoux flexions, enfile sa robe de chambre par-dessus son pyjama, attrape ses lunettes laissées sur la table de chevet et se dirige vers la cuisine. Après avoir branché la cafetière, il ouvre la porte arrière où le livreur de journaux a déjà déposé l'édition du jour. Une fois sa panse bien pleine, notre célibataire traine à table à faire des mots croisés.

C'est dimanche, mais Victor a complètement oublié madame Melançon et sa collecte de fonds. Après avoir rangé et s'être habillé, il s'installe dans une pièce adjacente au salon qu'il a transformée en bureau. Là, entouré de livres historiques — relatant pour la plupart des histoires de bravoure de la Première et Seconde Guerre mondiale —, Victor s'adonne à sa plus grande passion : les modèles réduits d'avions de combat. Équipé d'une loupe et de toutes petites pinces, il s'évertue durant des heures, à reproduire le plus fidèlement possible les plus infimes détails.

Aujourd'hui, bien que ce ne soit pas un jour de fête, notre homme, ouvre une nouvelle boite. Comme s'il ne savait pas ce qu'il y a à l'intérieur (bien qu'il ait lui-même passé la commande !), c'est en se frottant les mains de hâte qu'il s'installe à sa table de travail.

Un avion allemand de 1929, le Messerschmitt M-19. Il avait si hâte de le recevoir ! Avant de débuter la lecture des instructions, Victor ouvre la radio et la règle sur le poste 102,2 FM qui diffuse de vieux airs de jazz puis, il allume le petit chauffage d'appoint qui se situe sous le bureau pour garder ses pieds au chaud.

Après avoir bien frotté ses lunettes, Victor fait l'inventaire des outils dont il aura besoin, quand il se rend compte que son tube de colle est pratiquement vide !

— Zut ! dit-il tout haut, dépité d'avoir oublié d'en acheter plus tôt cette semaine. Avec un grognement, il ferme la radio, éteint le chauffage, sort du bureau, se dirige vers la porte d'entrée principale, l'ouvre, hésite, la referme, prend son manteau de tweed accroché à la patère, l'enfile, ouvre à nouveau la porte, hésite, la referme, prend son écharpe rouge suspendue à la même patère, se l'enroule autour du cou (d'un grand geste théâtral) puis ouvre encore une fois la porte et, enfin, sort.

Le vent est faible et le soleil chaud ; il fait bon marcher. Victor se détend et profite du paysage. D'un œil connaisseur, le vieux garçon juge les maisons de vieillottes, mais charmantes et bien entretenues. Un charme d'antan, digne de poser comme couverture de l'édition des fêtes de Noël des catalogues des grands magasins. De plus, l'âge du secteur lui garantit des arbres matures, ce qui, pour Victor, est une richesse inestimable dont les nouveaux quartiers ne peuvent se vanter. Un homme qui passe l'aspirateur dans sa voiture le salue d'un signe de tête. Des enfants jouent dans le petit parc au coin de la rue. Un père court aux côtés de la bicyclette de son fils, à qui il vient manifestement de retirer les roues d'appoint.

« Ça, c'est mon village champêtre ! », pense Victor tout enorgueilli.

La vie bien réglée de Victor s'apprête à changer, bien qu'il ne le sache pas encore.

4

La petite boutique Mon hobby en réduit se situe sur la rue principale à moins d'un kilomètre de chez lui. La distance à parcourir se fait donc rapidement et — à l'approche de l'artère achalandée — Victor réalise que la boutique des modèles réduits est située juste à côté du refuge pour chiens.

« Zut ! », se dit-il, en tentant de rebrousser chemin avant que madame Melançon ne l'aperçoive. Trop tard, la « dame-crampon » l'a repéré !

— Monsieur Victor ? Venez, que je vous serve un hot-dog ! Ils ne sont pas chers et les fonds sont pour une si bonne cause !

Le pharmacien regarde à gauche, puis à droite, mais non, aucune échappatoire possible.

— Je savais que nous pouvions compter sur vous ! Que serait ce quartier sans l'entraide de ses résidents ? discourt le moulin à paroles en prenant les quelques personnes présentes à témoin.

Gêné, Victor n'ose la contredire et s'approche du kiosque.

— Avec de la mout-â-r-r-de ? demande la cantatrice en herbe.

Victor a toujours été un peu maladroit ; et tenir un hot-dog dégoulinant de condiments est synonyme d'une catastrophe en développement. Sans surprise, une goutte de liquide jaune atterrit sur le renflement de son ventre. Alors qu'il cherche des yeux des serviettes supplémentaires, l'attention du pharmacien est attirée par une femme à la chevelure flamboyante. Se tournant dans sa direction, la rousse lui offre un magnifique sourire. Étonné, Victor regarde autour de lui pour s'assurer que cette déesse s'adresse bien à lui. Cette dernière s'esclaffe et lui fait signe que « Oui », en hochant de la tête ; puis, de son index, elle pointe le bout de son nez. Victor réalise qu'en plus de la tache sur son chandail il a également de la moutarde sur le nez ! Affreusement embarrassé, il arrache une serviette des mains du bombardier Melançon, s'essuie la protubérance, puis tente de faire disparaitre la tache jaune qui jure sur son chandail marron. Honteux, il n'ose relever la tête, de peur d'affronter le rire de la belle à la chevelure de feu — qui, pourtant, s'est approchée.

— Excusez-moi, je ne voulais pas me moquer de vous, mais votre expression était des plus cocasses. Je me présente, je suis Irène, dit-elle en lui tendant la main.

Victor, figé avec un air idiot, lui tend la main — qui tient toujours une serviette toute barbouillée de moutarde. Stupéfaite, la jeune femme lui jette un regard à la fois amusé et interrogateur. Confus, Victor sort de sa transe en balbutiant des excuses avant de finalement serrer sa serviette « moutardée » dans sa poche de pantalon.

— Je viens d'emménager il y a peu dans le quartier, je travaille à la bibliothèque en face, explique Irène.

Sous le charme, Victor, dont le visage est viré au rouge pompier, reste sans voix, la bouche figée en un drôle de rictus. Un silence gênant s'installe, qui, heureusement, est vite brisé par l'impérieuse madame Melançon qui demande au pharmacien :

— Vous avez déjà visité l'intérieur du refuge, monsieur Victor ?

— Non, jamais, bredouille-t-il trop content de cette intervention.

— Irène, vous seriez « un amour » de faire visiter monsieur Victor.

— Bien sûr ! dit-elle surprise.

— Irène est bénévole au refuge, comme elle ne peut avoir d'animaux chez elle, elle donne de son temps pour les nourrir, les promener, et cetera. Elle nous est d'une aide précieuse, explique le cuirassé Melançon.

Gênée par la description de la volubile dame, Irène, étire un sourire crispé et demande timidement à Victor :

— Vous voulez visiter ?

— Avec joie ! répond Victor avec un enthousiasme non feint.

À l'intérieur, les locaux sont propres et décorés de photos de chiens qui ont trouvé des familles adoptives. Ici, Irène semble à son aise et se révèle un agréable guide.

— Vous voulez voir nos pensionnaires ? demande-t-elle en sautillant, excitée comme une enfant.

— Bien sûr ! dit Victor, qui aurait répondu la même chose à n'importe quelle question.

Sous le charme, Victor se laisse entrainer vers une pièce du fond portant l'inscription adoption. Là, quinze chiens, de tailles et races différentes, jappent avec enthousiasme à l'idée de trouver une nouvelle famille.

En retrait, dans une autre cage, un vieux chien de races mêlées reste couché, sourd aux démonstrations de ses pairs. Sans même lever la tête pour regarder les nouveaux venus, il soupire et ferme les yeux.

— C'est Gustave, il a 10 ans, explique Irène. C'est si triste, il y a peu de chance qu'il soit adopté à son âge et j'ai peur qu'il se laisse mourir !

Feignant d'être intéressé au sort du bâtard, Victor hoche de la tête en buvant ses paroles, mais, lorsqu'il note que ses yeux s'embuent à l'évocation de la mort imminente du chien, Victor réagit et sort sa serviette tâchée de moutarde de sa poche.

— Oh, excusez-moi ! dit-elle en riant à la vue de la serviette tachée du liquide jaune. Je suis ridicule, je le sais…

Encouragé de la voir enfin sourire, Victor s'enhardit et lui prêche ses conseils :

— Il ne faut pas s'en faire comme ça pour un chien, mademoiselle !

Comme si un courant d'air venait de passer, Irène se raidit.

— Je le sais bien, je suis trop sensible. Je suis désolée, vous ne pouvez pas comprendre.

Sachant qu'il vient de passer à côté d'une belle occasion de se taire, Victor reste muet, faute de savoir quoi dire, ou pas, pour se rattraper.

L'arrivée inopinée d'un jeune garçon, trainant son père par la main depuis l'extérieur, offre une heureuse diversion au malaise qui s'est installé. Délaissant son paternel pour s'accroupir devant la cage d'un petit chiot, le garçon s'écrie :

— C'est celui-là que je veux, papa !

Tout essoufflé, le père acquiesce aussitôt, trop heureux d'en finir.

Au comble du bonheur, le jeune garçon étreint son nouveau copain qui lui lèche le visage.

Émue par la scène, Irène se tourne vers Victor les yeux pleins d'eau :

— Vous voyez Victor, ce petit chien a de la veine, il a une seconde chance, lui !

Incapable de retenir ses larmes, Irène éclate en sanglots.

Attendri par la peine de la belle, Victor dit alors :

— Si je le pouvais, j'adopterais ce chien pour vous rendre heureuse sans hésiter…

Instantanément, Irène lève les yeux, s'agrippe à sa manche et lui dit :

— Vous feriez ça, vraiment ?

Sentant le plancher se dérober sous ses pieds, Victor balbutie :

— Mais je ne peux pas ! Craignant d'irriter la jeune femme, il se dépêche d'ajouter : malheureusement ! C'est que je vis seul et je travaille tous les jours. Je ne peux pas m'occuper d'un chien.

— Mais bien sûr que vous pouvez ! Gustave est vieux, il est propre et n'a pas besoin d'autant d'exercice qu'un chiot. Oh, Victor ! Ce serait tellement merveilleux que vous lui offriez une deuxième chance ! lui dit-elle en sautillant, tout en lui secouant le bras au rythme de ses sauts.

« Son regard suppliant est encore plus attendrissant que celui du jeune garçon », se dit le pharmacien.

Victor se retourne vers le vieux chien, qui a levé la tête à l'énoncé de son nom. Ce dernier le regarde de ses yeux maussades. Au même moment, l'organisatrice arrive. Irène, toute excitée, lui explique :

— Oh, madame Melançon ! Monsieur Victor, ici présent, songe sérieusement à adopter Gustave.

— Mais c'est merveilleux ! tonitrue le 747.

— Mais, mais... bégaie Victor... aussitôt coupé par Irène qui semble avoir plus d'un argument dans sa poche.

— Nous avons besoin de gens pour héberger des chiens en attendant que ceux-ci trouvent une famille.

Vous pourriez prendre Gustave chez vous, sans l'adopter immédiatement !

— Mais, c'est que…

— Qu'en dites-vous Victor ? implore la jeune femme avec des yeux candides.

Se sachant, en train de céder (sans défense) face à cet air angélique, Victor finit par dire :

— En attendant qu'il trouve un foyer… seulement en attendant !

— Vous êtes un amour ! s'exclame Irène, qui lui saute au cou avant de lui donner un baiser sonore sur la joue.

C'est le visage en feu et les lunettes de travers devant ses yeux exorbités que Victor se retrouve à signer le formulaire de sortie de Gustave en bégayants des mots sans suite logique. Puis, muni d'un sac de moulée, un os en cuir, un collier, une laisse et un chien, Victor rentre chez lui.

Pour la peine, il en oublie d'acheter son tube de colle.

Les chiens n'ont qu'un défaut : ils croient aux hommes.
Elian Finbert

Gustave

Gustave n'est pas très actif. Il aime un coussin bien aplati et pas lavé depuis longtemps, car il déteste l'odeur du savon, tout comme les croquettes sèches, les jouets en caoutchouc qui font « pouet pouet », les cages, les enfants et les balles. Si l'on devait écrire quelque chose d'utile sur la fiche descriptive de ce chien, ce serait ça.

Les deux premières années de sa vie, Gustave les passa auprès d'un couple. Issu du croisement d'un setter anglais et d'une chienne labrador, il était plutôt mignon, au goût des amoureux, avec son pelage tacheté bicolore. C'est pourquoi ils l'achetèrent à l'animalerie près de chez eux. Son maitre lui achetait des boites de viandes variées et commentait les étiquettes : « Laquelle préfères-tu Gustave ? Ragout de bœuf ou Poulet et rognons ? » Gourmand, le chien jappait son approbation pour toutes les boites. « C'est ce que je me disais aussi ! », répondait le maitre avant de badiner avec le caissier : « C'est que mon chien est un fin gourmet ! »

Comme ses deux maitres travaillaient beaucoup, Gustave passait la majorité de son temps seul à la maison. Toutefois, le soir et les weekends il pouvait courir avec l'homme qui était amateur de course à pied.

Quand la famille s'agrandit et que l'enfant fut diagnostiqué asthmatique, on enferma Gustave quelques jours dans le garage. Le chien se demandait bien ce qu'il avait fait de mal pour se retrouver, avec son coussin, à dormir dans cet endroit humide et sombre. Puis, un matin, on vint le chercher ; il croyait bien voir l'homme qui l'emmènerait faire un tour, mais c'était la femme, elle le fit monter dans la voiture. Était-ce le jour du vaccin ? Étrange, habituellement c'était l'homme qui l'emmenait. Aujourd'hui, il sentait bien que quelque chose n'allait pas. La femme l'ignorait, elle semblait nerveuse. Inquiet, il s'énerva, jappa, réclamant l'homme, qui lui, saurait le rassurer d'une caresse et en lui disant des mots doux, mais en vain.

C'est dans un refuge que la femme le laissa. Sans un mot, elle donna la laisse au préposé de l'accueil et quitta l'endroit, sans même un regard pour lui. On lui parla gentiment tout en l'emmenant vers une cage où on le fit entrer.

Avec une gamelle d'eau fraiche pour seule compagnie, Gustave passa sa première nuit au refuge à pleurer. Angoissé, il ne dormit pas. Son coussin lui manquait, les odeurs de sa maison aussi. Et sa promenade ? Avec qui la ferait-il ? Au matin, lorsqu'il entendit une porte puis des pas, il espéra voir l'homme qui venait le chercher, mais il fut déçu, c'en était un autre ! Celui-ci était gentil, mais Gustave n'avait pas le moral. L'inconnu l'emmena dans une salle et le fit monter sur une table froide. Après s'être outillé d'un drôle d'instrument, il regarda ses oreilles ensuite, il le tâta un peu partout, écouta son cœur et enfin lui dit des mots doux avant de le retourner cette fois, dans une pièce plus grande où il y avait plusieurs cages. Il le fit entrer dans la dernière et lui lança un jouet en caoutchouc que Gustave regarda sans intérêt.

Dans la cage voisine, il y avait un basset d'un certain âge qui n'avait rien d'engageant. Une bonne chose, car Gustave n'avait pas envie de parler. Quelques jours passèrent, Gustave refusait de manger, il n'avait pas d'appétit. Il espérait encore de voir l'homme venir le chercher. Un jour, un des préposés qui déposait son bol de croquettes journalières lui dit :

— Il faut manger ! Sinon, tu es trop faible, le vétérinaire devra te piquer !

Ne sachant pas ce que « piquer » voulait dire ni qui était le « vétérinaire », Gustave fit à sa tête et bouda. Un peu plus tard, on vint chercher le basset de la cage voisine, en sortant, il se retourna et dit à Gustave :

— Mange, petit, et sors d'ici au plus vite !

Un jouet identique au sien était tout ce qui restait dans la cage voisine. Il ne revit plus le basset.

Gustave décida de manger.

2

Peu de temps après, Gustave fut à nouveau adopté, cette fois pour être un chien de garde. Enfin, c'est ce qui était écrit sur la porte de la cour où on l'emmena. Pas qu'il sache lire, mais le nouveau maitre lui a montré la petite pancarte et lui a dit :

— Tu vois, c'est écrit : « Chien de garde », c'est toi, ça !

Gustave n'a jamais compris ce que cela voulait dire, tout ce qu'il savait, c'est qu'il était enfin dehors et avait un nouveau maitre.

La nouvelle demeure de Gustave était bien différente de l'autre. Là, pas de coussin dans la maison ni de promenades. En fait, sa maison était une niche, dans une grande cour entourée d'une clôture haute et bien opaque. Outre la niche de Gustave, la cour contenait d'innombrables morceaux de métal de toutes tailles : de vieux réfrigérateurs, des tuyaux, des ressorts de matelas et bien d'autres choses que Gustave ne connaissait pas. Un décor des plus étranges qui une fois la nuit projetait des ombres menaçantes.

Le sol y était presque entièrement recouvert de terre battue, sauf pour un ilot de gazon, qui devint vite le coin préféré du chien.

Le maitre (dont il n'a connu que l'allure et la voix) n'était pas méchant, mais pas causant non plus. Il lui apportait des résidus de table le soir et… c'était tout. Le rôle de Gustave était de japper si quelqu'un entrait dans la cour. Comme personne ne semblait s'intéresser à la collection du maitre, la carrière de chien de garde de Gustave ne fut pas bien glorieuse.

Gustave avait tout le temps de réfléchir à ce qu'il sait de la vie. Selon lui, il y a deux sortes de vie de chien : être adopté ou pas. Si vous ne l'êtes pas, vous résidez dans une cage qui sent le désinfectant et des préposés qui vous donnent à manger. Si vous n'avez plus d'appétit, on vous emmène comme le basset et personne ne vous revoit plus jamais. Parfois, il y a des visiteurs qui défilent devant les cages, vous scrutent, vous évaluent, puis, s'ils vous choisissent, ils vous attachent une laisse au collier puis vous emmènent chez eux, où il vous donne aussi à manger. Vous êtes alors un « adopté ».

Gustave devine qu'il ne sait pas tout, mais il est certain d'une chose : quoi qu'il arrive, il faut manger.

3

Le temps passa, puis un jour le maitre mourut. L'homme tomba raide mort alors qu'il déplaçait des objets lourds. Il y eut un grand tintamarre provoqué par des objets métalliques qui s'entrechoquaient. Et puis plus rien. Désemparé, le chien jappa pour avertir quiconque passait par là. Des gens vinrent enfin. Un étranger attacha Gustave avec une grosse chaine à sa niche, lui fit une caresse avant de partir. Abandonné et inquiet, le chien attendit, il ne sait trop combien de temps. Il avait faim, très faim. Puis, un matin, plusieurs travailleurs vinrent avec de la machinerie et retirèrent tous les morceaux de métaux qui jonchaient la cour jusqu'à ce qu'il ne reste plus que Gustave et sa niche, puis ils quittèrent les lieux en refermant la cour.

Gustave resta là à guetter la porte de la clôture, plein d'espoir. Quelque temps après l'étranger qui lui avait fait une caresse lui apporta un bol de croquettes et un autre d'eau. Affamé, le chien ne se fit pas prier et se jeta sur son repas. Le temps qu'il ait terminé, l'homme était déjà parti. Seul dans cette grande cour, et attaché à sa niche, Gustave se demanda qu'est-ce qu'il avait bien pu faire de mal pour être enchainé là tout seul. Il regarda son bol vide et se dit que s'il venait d'avaler le dernier repas de sa vie de chien, ce n'était pas très bon.

Combien de temps passa ? Gustave ne le sait pas. Recroquevillé dans sa niche, il dormait presque tout le temps. Puis, il entendit des voix ; deux hommes venaient pour lui. C'est avec difficulté qu'ils l'extirpèrent de la niche à l'aide d'un grand bâton terminé par un lasso en métal. Les rayons du soleil l'aveuglèrent, il n'avait plus l'habitude du soleil. Désorienté et apeuré, Gustave tenta de mordre la main d'un des hommes qui détachait la chaine de son collier.

— Tout doux, mon vieux ! N'aie pas peur ! Ça va aller mieux, tu verras, lui dit le plus âgé des deux hommes.

Devant l'air surpris de son second, il lui expliqua :

— Tu vois, Bob, il est important de porter des gants. Les chiens, aussi mal en point soient-ils, ont peur de nous, même si on est là pour les secourir.

— Ouais.

Satisfait de son explication, l'homme retourna son attention vers Gustave.

— Allez, mon chien ! En route pour le refuge.

Un bain et un bon repas ne te feront pas de mal.

4

C'est comme ça qu'après avoir passé les huit dernières années de sa vie à garder une cour de banlieue, Gustave se retrouve encore une fois au refuge de la rue principale.

À son arrivée, il était inquiet et nerveux, on lui injecta donc un sédatif, par mesure de sécurité. Pendant qu'il dormait d'un sommeil artificiel, on le baigna, brossa, détartra les dents, cura les oreilles et lui coupa les griffes. On lui administra également plusieurs vaccins et des vitamines par intraveineuse.

Lorsqu'il se réveille, Gustave n'a pas les idées claires et prend un certain temps à réaliser où il se trouve. La lumière est vive, il est cependant à l'intérieur, dans une cage, seul dans une pièce fermée. Il perçoit des voix d'hommes, de femmes et de chiens qui semblent venir de loin. Il se rendort.

C'est un cliquetis de métal qui le réveille en sursaut. Apeuré par le bruit émis par le loquet de la cage, qu'on ouvre, il grogne et montre les dents.

— Calme-toi, Gustave ! On va voir le vétérinaire, lui dit une voix féminine.

« Gustave ! C'est mon nom », pense-t-il. « Je l'avais oublié… »

Se lever lui demande un effort ; il est courbaturé ; ses hanches lui font mal. Une fois debout, il se sent mieux et suit la préposée jusqu'à la salle d'examen sans faire d'histoire.

— Faites entrer Gustave, Irène et aidez-moi à le maintenir sur la table d'examen pour ne pas qu'il tombe.

— Bien docteur.

— A-t-il tenté de vous mordre ?

— Heu, non… hésite la jeune femme.

— Je sais que vous êtes bénévole ici et je suis vraiment heureux que vous nous donniez un coup de main, dit le vétérinaire, en détaillant Irène d'un air appréciateur, toutefois, vous ne le protégez pas si vous ne me dites pas la vérité ! sermonne-t-il.

— Je comprends, dit-elle, intimidé d'être prise en faute, mais c'est normal, je crois, qu'il soit nerveux ! ajoute-t-elle certaine de son raisonnement.

— Il ne sait pas ce qui lui arrive, n'est-ce pas Gustave ? demande-t-elle au chien, préférant porter son attention vers la bête et ainsi éviter le regard sévère du vétérinaire.

Au son de l'intonation, Gustave sait que la femme s'adresse à lui gentiment. Elle lui sourit.

« Elle sent bon », se dit-il. « Je l'aime bien. Mais l'autre, là, avec son odeur de détergent, il me dit quelque chose… On ne se serait pas déjà vu ? »

— Sachez Irène, que je n'aime pas non plus euthanasier les chiens. Mais vous savez, Gustave a dix ans maintenant et c'était un chien de garde !

Le vétérinaire sort des lunettes épaisses de la poche de son sarrau blanc pour examiner un dossier qu'il avait à portée de main.

— C'est écrit ici, dans ce rapport ! affirme l'homme en pointant le feuillet du doigt pour ajouter foi à ses dires.

— Il a tenté de mordre un des agents de la protection des animaux qui venait le délivrer des conditions de vie misérables dans lesquelles il vivait.

— Je comprends parfaitement docteur, mais, s'il vous plait, laissez-lui un peu de temps, plaide la jeune femme en affrontant le regard du spécialiste d'un air suppliant.

— Si on le place en adoption et qu'il mord un enfant ! Imaginez les conséquences !

— Je suis certaine qu'il n'est pas méchant au fond.

— Je vois que vous vous êtes pris d'affection pour ce vieux chien ma jolie, constate le vétérinaire en lui jetant un clin d'œil. Alors d'accord ! Mais attention, je l'aurai à l'œil ! dit-il en se penchant pour plonger un regard menaçant dans les yeux de Gustave, qui déglutit sous la menace.

Une fois sortis de la salle d'examen, Irène ramène Gustave dans la salle de quarantaine où se trouve sa cage. Après avoir lancé une gâterie à l'intérieur de la geôle pour l'inciter à entrer, elle s'efface et lui fait signe de la main de pénétrer à l'intérieur. Le chien regarde Irène, puis la gâterie qui sent le bacon et décide d'obtempérer.

— C'est bien, dit la jeune femme en refermant la porte de métal si lentement que Gustave n'entend même pas le cliquetis trop occupé à se pourlécher les babines.

— Tu te rends compte que tu viens de l'échapper belle ?

À l'intonation sérieuse de la jeune femme, Gustave sait que ce qu'elle dit est surement important.

— Maintenant, tu dois être gentil, sinon le vétérinaire va te piquer !

Au son du dernier mot, Gustave, saisi d'effroi, recule jusqu'au fond de la cage.

« Piquer ? Vétérinaire ? Cela me dit quelque chose… », songe Gustave en tentant de se souvenir « Mais oui ! Je me souviens maintenant ! C'est donc lui, qui fait disparaitre les chiens ! »

Bien que cela fasse huit ans de cela, Gustave se remémore son dernier séjour au refuge et ce que lui avait dit le basset avant de disparaitre.

« Emmenez toutes les croquettes, aussi mauvaises soient-elles, je les mangerai ! »

Les jours passent et petit à petit Gustave prend des forces. Bien qu'il ait toujours un peu de difficulté à se lever, il est heureux de le faire quand sonne 17 h, car c'est l'heure où la mademoiselle, qui sent bon les fleurs (et les gâteries à saveur de bacon qu'elle a toujours dans sa poche), l'emmène faire une promenade. Le reste du temps, il dort ou bien soupire en pensant à son passé et appréhendant l'avenir.

Gustave ne s'ennuie pas de son dernier maitre, mais de sa niche, alors ça, oui ! Ce n'était pas grand, mais familier, il s'y sentait en sécurité. Quand le temps le permettait, il pouvait se coucher au soleil et se vautrer dans l'herbe. Les nuits d'été, il regardait les étoiles en écoutant chanter le chien de berger de la maison d'à côté.

« Mmm... »

D'une humeur défaitiste, il analyse la situation :

« Ici, cette cage est sans doute ma dernière demeure… »

Se plongeant encore dans ses souvenirs, le chien ne peut réprimer un sourire en se disant : « Mais à bien, y penser, ce n'est pas si mal pour LE COULOIR DE LA MORT ! »

C'est ainsi que Rocky le berger allemand surnommait le long passage entre les cages. Rocky fut pour quelques heures le voisin de Gustave, le temps que son maitre vienne le récupérer. Immédiatement, les deux chiens avaient fraternisé.

— Alors elle est comment la bouffe ici, vieux ?

— Bah ! Ça ne vaut pas une bonne poubelle, mais on n'a pas besoin de travailler non plus.

— Natürlich 1

Après une demi-seconde de silence, Rocky ne tenait déjà plus en place.

— Dans deux heures environ, on pourra aller dans la cour, lui expliqua Gustave, voyant que le grand allemand n'était pas du genre patient.

— Deux heures ! C'est du délire ! Qu'est-ce qu'on fait durant ce temps ?

— Bien, je ne sais pas, moi ! Réfléchis.

— Hum…

— Pourquoi es-tu là ? interrogea Gustave pour lui faire la conversation.

---

1 Naturellement en allemand.

— Bien, figure-toi que dans ma rue (…) une chienne husky, belle comme le jour ! (...) et, là, je n'ai pas pu m'empêcher de sauter par-dessus la clôture (…)

Au souvenir des péripéties amoureux, du chien policier et de sa belle du nord, Gustave sourit.

« Courir après une femelle dans le froid du nord… Brrr ! Je suis trop vieux pour ça, moi ! Ici, je suis au chaud et au sec du moins », se dit Gustave sans trop de conviction.

6

— Trois mois déjà qu'il est ici. Un record, dit le vétérinaire qui a envoyé chercher Gustave pour un contrôle.

— Mais qu'est-ce qu'on va faire de toi ? ajoute-t-il en l'observant avec ses gros yeux. Le regard magnifié par d'épaisses lunettes du vétérinaire n'inquiète pas autant Gustave quand c'est mademoiselle Irène qui est là avec lui pour le rassurer et prendre sa défense.

— Il est peut-être temps de le placer avec les autres chiens dans la salle d'adoption, suggère alors Irène.

— Vous en êtes certaine, mademoiselle ?

— Je m'en porte garante, dit la jeune femme d'un ton ferme.

— Alors soit, essayons de le placer avec les autres.

— Oh docteur, vous ne le regretterez pas, vous verrez ! dit Irène en emmenant vite Gustave hors du bureau du vétérinaire, de peur que ce dernier ne change d'avis.

La salle d'adoption est vaste et il y a quantité de cages. Elle a bien changé depuis le temps où il y a séjourné, se dit Gustave. Irène lui trouve une cage au bout d'une rangée pour qu'il ait un peu de tranquillité. Enfin, si cela est possible dans une pièce où il y a plus de quinze chiens.

— Tu vois Gustave, tout va s'arranger. Sois sage, je vais revenir te voir demain ! dit Irène en lui laissant une gâterie avant de partir.

Gustave regarde sa gâterie, mais n'en a pas envie. Il est inquiet.

« Encore du changement ! »

De son expérience, le changement, ce n'est jamais pour le mieux.

— Dis, si tu ne la veux pas ta gâterie, moi je veux bien t'en débarrasser, lui dit un bulldog dans la cage à côté.

— Mmm…

Gustave n'a pas envie de discuter, il soupire et pose sa gueule sur le sol en marmonnant.

Les journées passent, les autres locataires vont et viennent. Le bulldog d'à côté a déjà été adopté.

— C'est une race populaire, lui dit Irène, qui est venue le promener.

— Hein ? répond Gustave occupé à renifler la clôture entourant la cour du refuge.

— Mais ne t'inquiète pas ! Tu es très beau toi aussi Gustave. On te trouvera vite une nouvelle maison !

— Maison ? jappe Gustave. C'est bien ça qui m'inquiète ! tente-t-il de faire comprendre à Irène en s'assoyant devant elle. Qu'est-ce qui va m'arriver cette fois, si je sors du refuge ? espère-t-il lui faire comprendre en plongeant ses grands yeux bruns dans les siens.

Comme si elle avait compris l'angoisse du chien, Irène lui caresse l'arrière des oreilles pour l'apaiser.

Mis à part les visites chez vétérinaire et celle d'Irène, peu de gens accordent de l'attention au vieux chien. Il y a bien le préposé que Gustave surnomme « dépêche-toi-je-n'ai-pas-que-ça-à-faire », qui est forcé de l'emmener dans la cour tous les matins, mais ce n'est pas par gaité de cœur.

« Et c'est très bien comme ça ! », songe Gustave une fois retourné dans sa cage. « Je n'ai besoin de rien de plus ! Na ! »

Avant de s'endormir, il tente de se convaincre des avantages du refuge :

« Ce n'est pas si mal après tout ! Il y a la promenade du soir avec Irène et les gâteries au bacon ! Miam ! »

Désirant s'endormir sur cette gourmande pensée, Gustave ferme les yeux pour aussitôt les rouvrir au rappel d'un détail de poids :

« Il y a aussi ses affreuses croquettes à manger pour ne pas être piqué ! Mmm… c'est bon pour les dents, dit le vétérinaire, mais ça, il ne faut pas les montrer a dit mademoiselle Irène. »

Confus, Gustave décide de ne pas trop s'inquiéter pour des choses qu'il ne comprend pas.

« Je suis au chaud et au sec, que demander de plus ? »,
se convainc-t-il avant de s'endormir.

7

— Alors la situation est catastrophique à ce point docteur ?

— Malheureusement oui, ma chère madame Melançon ! C'est pourquoi j'ai fait appel à vous. Je sais à quel point vous êtes une femme d'influence dans le village et peut-être pouvez-vous nous aider.

— Vous me flattez, docteur, dit en rougissant la dame patronnesse. Ne vous inquiétez pas, je m'occupe de tout ! Les gens de ce village sont soudés n'est-ce pas Margot ?

L'interpelée, qui n'avait pas encore dit mot, opina de la tête.

Arrivée sur l'entrefaite, Irène a surpris la conversation.

— Excusez-moi, je ne voulais pas être indiscrète…

— Mais non, Irène, ne vous en faites pas. Madame Melançon, je vous présente Irène, la nouvelle bibliothécaire et aussi bénévole ici au refuge, je ne saurais quoi faire sans elle.

D'un œil connaisseur, madame Melançon détaille la jeune femme et comprend que le vétérinaire n'est pas insensible aux charmes de la nouvelle venue.

— Dites-nous tout de vous très chère, vous aimez les animaux, j'imagine ? demande-t-elle en décochant un sourire entendu à Margot.

— Oh, oui, tellement ! Malheureusement, je ne peux en avoir chez moi alors je suis heureuse de joindre l'utile à l'agréable en donnant de mon temps ici.

— Il faut dire qu'Irène a fait des miracles pour un vieux chien qui est pensionnaire ici depuis déjà un bon moment, interrompt le vétérinaire.

— Vraiment ? Vous avez bon cœur mon enfant, il faut donc lui trouver vite une famille, car le refuge ne peut pas se permettre financièrement de garder des chiens dont personne ne veut. N'est-ce pas docteur ?

— Comment ? Qu'est-ce que vous voulez dire, madame ? dit Irène visiblement inquiète.

— C'est ce que je disais à madame Melançon, coupe le vétérinaire, le refuge est au bord de la faillite. Nous manquons cruellement de tout ici, surtout d'argent !

Notre mandat est de soigner, puis de trouver des familles à des chiens abandonnés.

— Mais vous disiez que Gustave était en bonne santé malgré son âge, et même qu'il a de très bonnes dents, ce qui est rare…

— Bien sûr, bien sûr, mais encore faut-il qu'il veule bien être adopté ! Vous savez que Gustave ne fait aucun effort. Pire, il fait exprès d'être impossible ! Encore hier, dans la cour, un jeune garçon lui a lancé une balle et plutôt que de la lui rapporter, il a levé la patte et uriné sur son pantalon !

— Ce n'est pas bien, mais ce n'est pas une raison ! s'indigne, Irène.

S'adressant à l'autoritaire madame Melançon pour la rallier à son avis, le vétérinaire poursuit sur sa lancée :

— Il y a une vieille dame qui vient parfois voir les résidents, une femme charmante ! Elle a même tricoté des chaussettes à un grand danois ! Ce n'est pas peu dire ! ajoute le vétérinaire.

— Oh, comme c'est gentil ! approuve madame Melançon en se plaçant une main sur le cœur. N'est-ce pas Margot ?

— Oh, oui ! approuve Margot, qui a joint ses mains en signe de piété.

— Et puis ? Gustave ne l'a pas mordu au moins ? demande Irène soudain très inquiète.

— Oh, non… ! Mieux que cela !

Regardant tour à tour les trois femmes qui attendent avec impatience de connaitre la suite, le spécialiste poursuit en haussant le ton :

— Eh bien, figurez-vous que, lorsqu'elle a parlé à Gustave, il ne s'est pas contenté de l'ignorer ! Oh, non… ! Pas lui ! Pas Gustave !

Les cris du vétérinaire provoquent une pluie de jappements dans le refuge. Se radoucissant, il s'approche des trois femmes puis, se plaçant le travers de la main aux côtés de la bouche comme, pour confier un secret, il ajoute :

— Pour s'assurer qu'elle ne se prenne pas d'affection pour lui, il lui a servi une flatulence pestilentielle… !

— Mais docteur ! s'exclame Irène, qui ne peut s'empêcher de pouffer de rire.

— Vous croyez qu'il n'aime pas les pantoufles, docteur ? demande Margot à la stupéfaction de la dame Melançon.

— N'empêche que ce chien n'a aucune chance d'être adopté et doit être euthanasié ! conclut le vétérinaire en croisant les bras d'un air buté.

— C'est complètement injuste ! crie Irène au bord des larmes.

— Allons, allons ! intervint le rouleau compresseur Melançon en prenant Irène dans ses bras, ne vous inquiétez pas ma chère enfant je suis certaine que tout va s'arranger. C'est maman Melançon qui le dit. N'est-ce pas que j'ai raison, Margot ?

— Oui madame, c'est certain ! répond l'interpelée soucieuse de plaire à son acariâtre amie.

8

Le dimanche suivant…

— Aujourd'hui est un jour particulier les amis ! dit l'organisatrice en chef Melançon en entrant dans la salle d'adoption. Nous avons organisé une journée pour récolter des fonds pour ce refuge ! Alors, je vous prierais de bien vouloir être gentils avec nos visiteurs. Qui sait, peut-être trouverez-vous parmi eux une nouvelle famille !

Excités plus par le ton de la voix stridente de la dame patronnesse que par ses propos, tous les chiens se mirent à aboyer, tous sauf un, bien sûr.

« Visiteurs ? Ne manquait plus que ça ! Il y aura surement plusieurs enfants… Qu'ils ne s'imaginent pas que je vais les amuser ! Pfit ! se dit Gustave, qui se couche en rond face au mur. J'ai promis à la demoiselle Irène d'être gentil, mais pas de rester éveillé, na ! »

Tel un commandant qui fait une inspection, madame Melançon, fait les cent pas devant les cages des chiens, tout en donnant ses ordres.

— Alors défense de grogner, de mordre…

Et, s'arrêtant spécifiquement devant la cage de Gustave qu'elle fustige du regard, la dompteuse de fauves ajoute :

— Ou de se laisser aller ! Entendu, les chiens ?

Traduisant la salve d'aboiements pour un « Oui, mon commandant ! », la dame patronnesse quitte la salle d'adoption pour aller à la rencontre des badauds qui, attirés par la bonne odeur du stand à hot-dogs, se sont massés devant le refuge.

La journée se passe bien, quelques personnes ont jeté un coup d'œil sur lui, avec un intérêt poli sans plus. Gustave somnole, les yeux à moitié ouverts, avant de sursauter aux cris d'un jeune garçon tout content d'adopter un chiot. Alors qu'il referme les yeux pour reprendre, l'espère-t-il, son rêve précédent, où il attaquait un énorme os à la moelle, sa cage s'ouvre :

— Allez viens, Gustave ! Tu as une nouvelle maison mon chien ! lui dit Irène qui, tout excitée, ne peut cacher sa joie.

— Maison ? jappe, Gustave en réponse à Irène. Réfléchissant à toute vitesse, le chien se demande : « Peut-être a-t-elle décidé de m'adopter, elle ? », espère-t-il.

Comme il se prépare à remuer la queue pour démontrer son assentiment, une figure joufflue, au regard aussi surpris que lui, se présente devant son champ de vision.

« Mais qu'est-ce que c'est que cet énergumène ? »

Vivre à deux

Le trajet pour se rendre chez Victor n'est pas bien long, mais, comme il n'est pas en grande forme, le pharmacien souffre de devoir faire la route avec un sac aussi chargé et un chien qui tire sur sa laisse de surcroit.

— Allons, Gustave ! Ne tire pas comme ça ! supplie Victor hors d'haleine.

Sourd aux demandes du vieux garçon, Gustave tire de plus belle, la truffe submergée d'informations nouvelles.

« Il y a longtemps que je n'ai pas fait de promenade dans un quartier ! »

Heureux de réaliser que son flair est toujours aussi affuté, le chien fait une brève analyse de son nouveau territoire.

Après ce qui semble une éternité à Victor, les deux compères arrivent enfin à la maison.

À bout de souffle, le pharmacien ouvre la porte, entre, puis regarde son compagnon qui, assis sur le perron, n'a pas bougé.

— Eh bien, qu'est-ce que tu attends ? Entre voyons !

Heureux d'être invité à entrer. Gustave remue la queue et pénètre dans sa nouvelle demeure.

Victor dépose son lourd fardeau sur le plancher, se défait de son manteau et de son foulard puis regarde Gustave d'un air désemparé. Le chien s'avance en reniflant et fait vite le tour des pièces.

« Bonne nouvelle, il n'y a pas d'autres animaux que ce drôle de petit homme qui vit ici. »

La tournée de reconnaissance terminée, c'est dans la cuisine que les deux nouveaux colocataires se retrouvent. Victor, qui est resté là, poings sur les hanches à regarder le chien aller et venir, tire une chaise de cuisine pour s'assoir. À son tour, Gustave s'assoit devant lui.

Face à face se jugeant des yeux, Gustave et Victor gardent le silence. Puis, quand Victor soupire, Gustave fait de même.

— Mais qu'est-ce que je vais faire de toi ? dit Victor d'un air découragé.

Gustave ne connait pas tout de la langue des humains, mais, cette phrase-là, il en connait la signification.

« Tu pourrais commencer par me donner à manger », lui répondit-il de son regard qui lorgne vers le sac abandonné dans l'entrée.

Comme s'il avait compris ce que le chien tentait de lui dire, Victor se dirige vers le sac.

— Mais où donc avais-je la tête ? Voyons voir, où vais-je donc installer tes bols ? Ici dans la cuisine, ça te va ? demande Victor guettant l'approbation du chien.

En guise de réponse, Gustave agite la queue.

Victor ouvre le sac de croquettes tout en regardant l'image sur le sac.

— Ça l'air bon, dis donc !
— Ah oui ? jappe Gustave avec impatience. Je te fais confiance, parce que je ne sens rien au travers du sac, moi !

Une fois le bol rempli, Victor, poings sur les hanches, regarde le chien pour l'inviter à manger. Gustave regarde les croquettes, et, bien qu'il n'en soit pas friand, il a faim et entame son repas sans faire de chichi.

— Bien, une bonne chose de faite ! dit Victor d'un air satisfait en se frottant les mains. Maintenant, moi, qu'est-ce que je vais manger ?

Gustave, qui a terminé ses croquettes, regarde son nouveau maitre qui se gratte la tête en regardant dans son réfrigérateur.

« Je ne comprends pas comment fonctionne le flair des humains ! Ils se servent de leurs yeux ? », s'interroge le chien qui guette tous les mouvements de son nouveau maitre.

« Pas surprenant qu'ils pensent que les croquettes sont bonnes ! »

Victor a arrêté son choix sur un repas congelé. Lorsque le vieux garçon passe devant le chien avec la boite pour aller l'insérer dans le four à micro-ondes, Gustave ne détecte aucune odeur.

« Mmm… Mystérieux, tout de même ! »

Quelques minutes plus tard, un son retenti et Victor passe à nouveau devant Gustave avec la boite repas qui, cette fois-ci, dégage un alléchant fumet de viande. Médusé, le chien s'avance vers le comptoir pour inspecter l'appareil de plus près.

« C'est magique, ce truc-là ! »

Délaissant la cuisine pour suivre le vieux garçon qui se dirige vers le salon, Gustave se promet bien d'y revenir pour poursuivre son investigation.

« Peut-être qu'il faut mettre les croquettes là-dedans ? Hum… »

Victor s'est installé dans son fauteuil pour regarder ses programmes télévisés. Après avoir fait basculer le repose-pied, s'être replacé le dos plusieurs fois pour trouver la position la plus confortable, le pharmacien soupire d'aise et attrape la télécommande de la télévision. Alors qu'il monte les chaines pour trouver un de ses feuilletons préférés, le signal est soudain interrompu par Gustave, qui se tient juste devant lui.

— Mais que fais-tu ?
— Wouaf !
— Pousse-toi de là, voyons ! dit Victor irrité.
— Gnagnagna…, marmonne Gustave, qui se dirige vers la porte.

Content, Victor se cale dans son fauteuil et recommence à zapper. Jusqu'à ce qu'encore une fois le signal soit interrompu par Gustave, qui est revenu se placer devant la télévision.

— Wouaf !

— Mais qu'est-ce qu'il y a ? demande Victor, qui regarde le chien se diriger à nouveau vers la porte.

Ennuyé, le vieux garçon fait basculer l'appui-pied et se met debout avec peine.

— Que fais-tu devant la porte ? Où veux-tu aller à cette heure ?

— Bien j'ai envie ! jappe Gustave, qui peine à se retenir d'uriner sur le plancher.

Victor réalise qu'il doit désormais intégrer une promenade du soir à son horaire. Il voute le dos, affaisse les épaules, synonymes de son dépit.

— Bon ! Attends que j'enfile mon manteau et on y va, capitule le vieux garçon en soupirant.

Après avoir reniflé la borne-fontaine au coin de la rue, Gustave estime qu'il y a un minimum de dix chiens dans le quartier, il se présente donc à eux en l'arrosant à son tour.

« Bonjour ! Je suis Gustave et je suis un nouveau résident du quartier. »

Clopin-clopant, pendant que le chien visite tous les endroits qui semblent « branchés » ne levant peu ou pas sa truffe du sol, Victor lui, compare les gazons de ses voisins au sien.

Le duo a fait environ cent mètres quand ils croisent une jeune mère et ses deux enfants qui se ruent pour venir voir Gustave.

— Allons, les enfants ! Il faut demander la permission au monsieur avant de flatter son chien, dit la maman en offrant un grand sourire à Victor.

— Est-ce qu'on peut flatter votre chien monsieur ? disent les deux enfants en chœur.

— Mais bien sûr ! Gustave adore les enfants ! N'est-ce pas Gustave ? affirme Victor en plongeant un regard appuyé dans celui buté du chien.

« Ah bon ! Et depuis quand ? », marmonne le chien qui, malgré tout, se laisse caresser le dessus de la tête par les doigts poisseux des enfants.

Le vent se lève et, comme il est frileux, Victor rebrousse chemin, tirant Gustave, qui, lui, n'a pas terminé de se présenter.

— Allez, Gustave, c'est assez ! Si tu continues, tu vas te déshydrater !

« Quoi ? Il ne faut pas être impoli, tout de même ! », se dit Gustave en levant la patte pour arroser un lampadaire.

Repensant aux enfants qu'ils viennent de quitter, Victor se félicite d'avoir accueilli le chien. La compagnie de Gustave, lui procure une certaine attention qui est loin de lui déplaire.

Comme ils arrivent en vue de la maison, la voisine — une austère vieille fille — arrive en sens contraire pour rentrer chez elle. De son air hautain elle salue Victor d'un hochement de tête sec, puis s'arrête net pour regarder Gustave d'un air dédaigneux.

— Mais que vois-je, monsieur Victor ? Vous avez un chien ?

— Oui madame Lampron, comme vous le voyez.

— Ce que je vois, c'est que votre bête vient de déféquer sur le trottoir !

Confus, Victor baisse les yeux pour voir que Gustave avait bel et bien fait une grosse commission.

— Eh bien, ne restez pas là, ramassez les excréments de votre chien !

— Mais bien sûr ! Puis, réalisant qu'il n'a pas apporté de sac prévu à cet effet, le visage de Victor tourne au rouge brique.

— C'est que, c'est que, balbutie-t-il. Ce n'est pas mon chien, je le garde pour un temps seulement, et je dois admettre que j'ai complément oublié de…

— Suffit ! Grossier personnage ! Pollueur ! J'exige que vous nettoyiez ceci, sinon j'informerai les autorités ! invective la vieille femme en continuant son chemin.

— Mais non, mais non, ne vous énervez pas comme ça, madame Lampron ! Je vais de ce pas en chercher, dit Victor embarrassé. Réalisant qu'en plus, deux autres voisins sont témoins de la scène, le vieux garçon les salue de la main avant de tirer sur la laisse de Gustave.

— Allez viens, toi ! dit-il d'un ton sévère.

Victor laisse Gustave à la maison et retourne prestement nettoyer les dégâts. À sa fenêtre, l'acariâtre voisine ne manque rien de la scène. Téléphone en main, avisant ainsi le pharmacien qu'elle est prête à appeler les autorités. Victor soulève le paquet pour bien montrer à la femme qu'il a bien ramassé le caca et d'un sourire gêné, retourne chez lui. Après avoir trouvé un réceptacle étanche pour faire office de poubelle à caca et s'être lavé les mains dans le garage, le vieux garçon réintègre enfin sa maison où il trouve Gustave, couché sur le tapis du salon. À son entrée ce dernier soulève la tête d'un air honteux.

— Ce n'est pas ta faute, pauvre chien, dit-il radoucit. Je dois m'habituer ! Allez, bonne nuit !

3

Lundi, Victor a réglé son réveil un peu plus tôt pour sortir Gustave avant de quitter pour le travail. Au retour, il brandit son sac à caca bien haut pour que madame Lampron puisse le voir et lui fait bonjour d'un hochement de tête. Découverte, la voisine qui observait l'homme et le chien furtivement à travers les persiennes de sa cuisine s'en éloigne rapidement.

Sur le pas de la porte, Victor dit à Gustave :

— Écoute bien, je vais te faire confiance aujourd'hui. Je te laisse libre dans la maison. J'espère retrouver les lieux en bons états, sinon je devrai te mettre en cage. Est-ce clair ?

En guise d'assentiment, Gustave branle la queue.

C'est tout essoufflé que Victor attrape de justesse son autobus. Alors qu'il s'assoit à sa place habituelle — un siège individuel au deuxième rang —, il réalise qu'il n'a ni son sac à lunch ni son journal.

« Zut ! » se dit-il en se croisant les bras de dépit.

Le trajet se déroule comme à l'habitude, mais Victor lui s'inquiète pour Gustave.

« Et s'il fait pipi partout ? Ou, s'il jappait toute la journée et que la voisine appelle la police ? Que font donc les chiens de mal habituellement ? Ils mangent les souliers ! Ai-je bien fermé le placard de l'entrée où sont mes bottillons en cuir tout neufs ? »

Victor en est là de ses réflexions quand il réalise qu'il vient de manquer son arrêt. Ahuri, il se lève d'un bond et se dirige prestement vers la porte. Une fois descendu sur le trottoir, un kilomètre plus loin, il s'exclame tout haut :

— Sacré nom d'un chien !

Une dame qui passe par là avec un jeune enfant le regarde en fronçant les sourcils.

C'est les cheveux en bataille et le front en sueur, que Victor franchit les portes du café L'hirondelle.

— Incroyable, Victor, qui est en retard ! Un peu et je te croyais malade ! dit Marcel étonné après avoir regardé l'horloge murale.

— Ne m'en parle pas Marcel, si tu savais…

Marcel inquiet du ton de son ami range son crayon derrière son oreille et dit :

— Non, mais ça n'a vraiment pas l'air bien, mon vieux ! Tu ne voudrais pas un petit remontant ce matin dit ? ajoute le tenancier en riant.

— Surtout pas ! Donne-moi vite mon café que j'aille ouvrir la pharmacie. Je te raconterai une autre fois !

Rasséréné par le support de son ami, Victor arrive à la pharmacie où l'attend madame Dupré.

« Il ne manquait plus que ça ! », se dit le pharmacien.

— Oh, enfin vous voilà ! J'étais très inquiète, vous savez, vous avez huit minutes de retard ! Je suis formelle, je remonte ma montre tous les matins avec le bulletin d'information à la radio…

— Je suis absolument désolé, Madame Dupré. Voyez-vous, c'est que j'ai accueilli un chien chez moi et…

— Un chien ! le coupe madame Dupré, oh ! Vous savez on dit que les chiens peuvent vous contaminer d'une multitude de maladies…

Après les jérémiades de madame Dupré et la préparation de plusieurs prescriptions, l'heure du midi arrive et comme son estomac crie famine — et qu'il n'a rien à manger — Victor décide de se rendre à l'épicerie pour acheter un sandwich. Il inscrit une note : de retour dans 20 minutes qu'il fixe à la fenêtre de la porte avant de verrouiller derrière lui.

« Encore un écart à ma routine ! », se dit-il avec humeur.

— En voilà une surprise ! dit Paulette, étonnée de voir le pharmacien, passer le pas de sa porte.

— C'est que j'ai oublié de m'apporter à manger aujourd'hui, vous avez des sandwichs ?

— Bien sûr, là sur votre gauche. Ceux au poulet sont excellents, vous m'en direz des nouvelles !

— Sans faute !

— Dites donc Victor, vous habitez toujours seul ?

— Hein ? Oui ! Non ! Enfin, j'ai un chien ! Pressé, Victor paie et se sauve avant de satisfaire davantage la curiosité de Paulette.

Victor est amoureux

C'est essoufflé qu'il entre à la pharmacie où il note qu'il ne lui reste que cinq minutes du temps qu'il s'est octroyé. Affamé, il décide de laisser la note à la porte pour manger son sandwich en vitesse avant d'ouvrir à nouveau.

Alors qu'il engloutit une énorme bouchée, Victor aperçoit des cheveux roux par la fenêtre de la pharmacie.

« Ciel, c'est Irène ! », réalise-t-il.

Constatant que la pharmacie est fermée, la bibliothécaire rebrousse chemin. Dans tous ses états, Victor court jusqu'à la porte ; tente de l'ouvrir ; se cogne le nez dessus (puisqu'elle est toujours verrouillée !) ; tourne le loquet ; ouvre la porte ; et finalement, sort en criant :

— Mademoiselle !

Irène, qui n'avait parcouru que quelque pas, se retourne vivement pour voir Victor plié en deux en train de s'étouffer.

— Oh, mon Dieu, Victor !

En un éclair, elle est au-dessus lui à lui taper dans le dos. Qu'avez-vous Victor, vous vous étouffez ?

En guise de réponse, Victor, le visage rouge brique tousse de plus belle.

— Attendez laissez-moi faire, j'ai suivi le cours de premiers soins, explique Irène tout en l'attrapant de son mieux par la taille pour lui faire la méthode de Heimlich.

Malgré la corpulence de Victor vis-à-vis sa petite taille, c'est avec poigne qu'Irène effectue la manœuvre. Surpris, le pharmacien se retrouve renversé sur elle dans une position précaire.

— Arrêtez ! réussit-il à articuler tant bien que mal.

— Oh ! Vous allez mieux maintenant ? demande Irène hors d'haleine.

— Oui, oui, j'ai mal avalé ! C'est tout ! lui dit-il en titubant.

— Entrons dans votre pharmacie, un peu d'eau vous fera du bien, dit Irène en le prenant par le bras.

Victor se laisse mener à l'intérieur et s'assoit sur un banc pour boire l'eau du gobelet en papier que lui propose Irène.

— Merci infiniment, Irène.

— Mais ce n'est rien voyons, lui dit-elle en lui épongeant son front ruisselant de sueur à l'aide d'un mouchoir.

Pour se donner une contenance, Victor se lève, rajuste ses lunettes et demande :

— Vous veniez me voir, je crois ?

— Oh oui, j'allais oublier ! Je vous apportais ceci, dit-elle en lui montrant un livre. J'ai trouvé ce manuel sur ce qu'il faut savoir sur les chiens sur un rayon à la bibliothèque.

— Oh, quelle délicate attention de votre part, mademoiselle Irène !

— Ce n'est rien voyons, dites-moi, comment va Gustave ?

— Oh, il va très bien ! Vous pourriez venir le voir…

Au même moment, la clochette de la porte retentit pour annoncer l'arrivée inopinée de madame Melançon suivie de son ombre nommée Margot.

— Mon cher monsieur Victor !

Irène profite de l'arrivée des deux femmes pour s'éclipser.

— Eh bien moi, je dois y aller, à bientôt.

— Mais… ! balbutie Victor, qui ne peut que rester là à regarder la porte se refermer sur Irène et suivre le reflet de ses cheveux roux passant devant la fenêtre avant que son regard ne tombe sur madame Melançon.

— Alors, mon cher, que vous arrive-t-il encore ? lui dit la cacophonique dame en le regardant de haut en bas.

Curieux, Victor se retourne vers le miroir installé derrière le comptoir et constate que sa chemise est sortie de son pantalon, que son toupet est dans les airs en plus d'être maculé de mayonnaise.

Après avoir écouté d'une oreille distraite les plans d'une future vente de gâteaux au profit des scouts, il accepte — comme de raison — que Margot, supervisée par madame Melançon, punaise l'annonce sur le babillard.

— Eh, bien voilà ! Ce n'est pas si difficile. N'est-ce pas ma fille ?

Le ciel s'assombrit et de peur d'être prises par l'orage la dame patronnesse et sa secrétaire quittent rapidement la pharmacie.

Heureux de se retrouver seul, Victor tente d'arranger sa mise, puis il regarde tomber la pluie en soupirant.

« Mais quel imbécile je suis ! », se dit-il, repensant à l'épisode avec Irène.

« Elle va me prendre pour un goinfre, un malpropre ! », pense-t-il, en regardant le cerne sur sa chemise avec dépit.

Victor est de la même humeur quand est le temps de rentrer chez lui. Il attend l'autobus, les épaules voutées, perdu dans ses pensées.

Durant le trajet, il revoit la mine d'Irène quand elle a quitté la pharmacie et s'imagine le pire. Il se souvint aussi de son invitation à venir voir Gustave.

« Diable ! Elle va peut-être croire que j'ai des intentions malhonnêtes! », songe-t-il, horrifié.

C'est ce regard épouvanté à cette idée que voit le chauffeur d'autobus lorsqu'il demande à Victor :

— Est-ce que vous descendez ici comme toujours, monsieur ?

3

À son arrivée chez lui, Victor se souvient que Gustave l'attend. Avec appréhension, le vieux garçon craint le pire. Lorsqu'il ouvre la porte d'entrée, il rencontre un obstacle, c'est Gustave qui est couché contre la porte.

— Excuse-moi, Gustave !

Le chien se lève rapidement, recule et s'assoit hésitant. Les deux compères se jaugent, Victor regarde autour d'un air suspicieux, renifle à l'affut d'une mauvaise surprise quelconque.

Lorsqu'il passe devant l'œil magique du diffuseur d'air, c'est Gustave qui prend le jet de cannelle artificielle en plein museau. Surpris, il éternue si violemment que ses oreilles se joignent pour lui voiler les yeux.

Amusé, Victor rit de voir la mine hébétée du chien.

Gustave ne sait pas trop ce qui fait tant rigoler le vieux garçon, mais « s'il est content, alors moi aussi ! » se dit-il, agitant la queue en guise de traduction.

Comme il pleut toujours, pour aller promener le chien, Victor se munit d'un parapluie à carreaux rouges et bleus, d'une veste imperméable jaune et de ses bottes de pluie vertes qui montent jusqu'aux genoux. Ainsi accoutré, Victor a une pensée pour Irène :

« S'il fallait qu'elle me voie accoutré comme ça ! » se dit le vieux garçon en lâchant un gros soupir.

En passant devant la maison de la voisine, Victor l'aperçoit derrière ses persiennes qui l'observe. Il lui offre une grimace en maugréant :

— Vieille bique !

Au diner, Victor n'a pas d'appétit, il soupire et ressasse sans cesse la visite d'Irène et comment il s'est encore une fois ridiculisé. Il repousse son plateau-repas, un steak Salisbury avec purée qu'il a à peine touché, puis se lève et va se coucher en trainant les pieds.

Après quelques minutes, Gustave réalise que le Maitre ne reviendra pas avant le matin.

« Ce steak m'a l'air très bon à moi ! », se dit le chien, « Ce n'est pas bien de laisser se gâter de la bonne nourriture… »

Après s'être persuadé qu'il fait une bonne action, Gustave n'hésite plus et dévore le Salisbury, et même la purée ! Se pourléchant les babines des restes de sauce brune, Gustave va se coucher près de la porte et s'endort rapidement.

Le sommeil du chien n'est pas ennuyé par les ronflements de Victor, puisque ce dernier ne dort pas. Penaud, le pharmacien regarde le plafond en imaginant multiples scénarios pour redorer son blason auprès de la belle Irène.

4

Le lendemain matin...

C'est un bruit sourd qui réveille Gustave, il jappe pour avertir que quelqu'un cogne à la porte de derrière.

— Ah ça, c'est le journal ! dit Victor, en se levant. On dit que la nuit porte conseil et c'est bien vrai !

Après avoir ressassé ses bévues de la journée une bonne partie de la nuit, Victor en est venu à une solution : pour revoir Irène, il lui suffit de lui rapporter le livre ! Mais avant tout, il vaut mieux le lire...

C'est ainsi que cette fois c'est volontairement que Victor laisse son journal à la maison au profit du livre que lui a confié Irène : *Comprendre son chien.*

Durant tout le trajet en autobus ainsi qu'entre deux clients, Victor s'applique à lire le manuel et prendre quelques notes pour en discuter plus tard avec Irène.

Bien qu'il tente de s'occuper du mieux qu'il peut, la matinée semble s'étirer. Il écoute distraitement les symptômes imaginaires de madame Dupré et fixe la trotteuse de l'horloge comme si par télékinésie il pouvait la faire avancer plus vite. Enfin, sur le coup de midi, Victor vérifie sa mise, lisse son toupet, ajuste ses lunettes, gonfle le torse, et, une fois un mot d'excuse collé à la fenêtre, s'élance vers la bibliothèque le manuel sous le bras.

L'édifice de brique rouge qui abrite la bibliothèque ressemble à une caserne de pompier avec ses grandes fenêtres arrondies. Imaginant qu'Irène puisse le voir arriver, Victor prend bien soin de monter les marches avec calme pour éviter une nouvelle catastrophe !

À l'intérieur, une ambiance feutrée invite au calme et à la lecture. Victor ne met pas plus d'une minute à repérer Irène et sa flamboyante chevelure rouge parmi les longs rayonnages. Avant de l'interpeler, le pharmacien prend le temps de la regarder alors qu'elle place des livres sur les étagères.

« Quelle grâce elle a ! », pense-t-il. « Elle semble toute fragile... »

Bien qu'elle soit concentrée sur sa tâche, l'attention de la jeune femme est détournée par une présence au bout de l'allée. Pivotant vers l'ombre qu'elle discerne, du coin de l'œil elle aperçoit Victor qui l'observe de loin.

— Oh, Victor ! Vous m'avez fait peur ! Il y a longtemps que vous êtes là ? demande la bibliothécaire en fronçant les sourcils.

— Non, non ! J'arrive à peine, mademoiselle, s'empresse de dire Victor pour la rassurer.

— Oh, vous avez déjà terminé le livre ? dit Irène, qui s'est approchée.

— Oui, c'est passionnant ! J'ai bien hâte de mettre ces enseignements en pratique.

— Contente qu'il vous ait plu.

Comme la jeune femme n'ajoute rien et se balance d'avant en arrière en regardant le bout de ses pieds, Victor s'empresse d'emboiter la conversation pour éviter de prolonger ce silence gênant.

— Je voulais aussi vous remercier de m'avoir secouru hier, sans vous j'aurais pu mourir !

— Mais non voyons ! rosit Irène, j'ai paniqué. Un peu plus et c'est moi qui vous tuais !

Les deux pouffent de rire, ce qui détend immédiatement l'atmosphère.

— Je voulais vous dire aussi que Gustave aimerait très certainement vous voir et je ne voudrais pas que vous croyiez que ma proposition est malhonnête.

— Oh non voyons ! l'interrompit Irène, n'allez surtout pas croire que j'imagine que vous avez un quelconque intérêt envers moi, continue la jeune femme qui a baissé les yeux visiblement mal à l'aise.

Ne sachant pas quoi dire et jugeant qu'il est certainement trop tôt pour avouer ses sentiments, Victor dit alors :

— Et si nous allions au parc tous ensemble samedi ?

— Mais quelle merveilleuse idée ! lui répond Irène visiblement heureuse à cette idée. Je lui apporterai sa gâterie préférée.

— Parfait ! Et moi une balle ! Les chiens aiment bien ramener la balle, n'est-ce pas ? Je l'ai appris grâce à vous ! dit Victor avec une intonation chantante.

— Oh ! Mais non voyons, rosit Irène, vous me gênez Victor ajoute-t-elle en se tortillant.

Comme un silence s'installe, Irène s'empresse d'ajouter :

— Alors on se donne rendez-vous au parc samedi à 10 h ?

— Et si nous venions vous prendre, ici devant la bibliothèque ? Nous pourrions marcher ensemble jusque-là ?

Comme la jeune femme acquiesce, Victor se dirige vers la porte en reculant et agitant la main en signe d'au revoir tout en affichant un sourire démesuré qui n'a rien à envier à celui d'Irène.

Une fois sorti, il s'empêche de sauter de joie, de peur qu'elle ne le voie, mais ne peut s'empêcher de lâcher un grand soupir de soulagement. Puis, baissant les yeux, il réalise qu'il a toujours le livre à la main.

— Zut ! dit-il tout haut avant de rebrousser chemin, ouvrir la porte et s'avancer vers le comptoir d'un air gêné en désignant le manuel.

— Avec tout ça, j'en ai complètement oublié de vous remettre le livre ! Suis-je bête ! dit-il en se frappant le front de la paume.

Après une scène d'au revoir identique à la précédente, Victor aspire à plein poumon, bombe le torse et siffle d'un air joyeux jusqu'à la pharmacie s'interrompant seulement pour saluer quelques passants.

5

À sa descente de l'autobus, Victor siffle encore, et salue même sa voisine en passant devant chez elle.

Une fois à la maison, il prend soin de ne pas ouvrir la porte trop vite, devinant que Gustave dort probablement de l'autre côté.

— Alors Gustave, comment vas-tu le chien ? dit Victor en entrant. Oh, dis donc ! Tu sens fort la cannelle, toi !

La semaine passe plus rapidement que le pensait de prime abord le pharmacien. Les deux compères s'habituent à la présence et aux habitudes de l'autre. Victor a débranché l'aérosol de l'entrée réalisant que les constants vas et vient du chien le déclenchait à tout moment.

Pour Gustave, les promenades sont les moments forts de la journée et même Victor y prend goût. Les deux amis ont établi une petite routine au tour du pâté de maisons. Victor salue les autres propriétaires avec qui il échange civilités et poignées de main. Les chiens, quant à eux, font connaissance en se flairant le popotin.

Le trajet, d'un peu moins d'un kilomètre est agrémenté par un petit parc situé à mi-chemin. Au centre, on retrouve un air de jeux avec glissoires et balançoires. Ici et là, des arbres matures projettent leurs ombres bienfaitrices, tout autour, des parterres de fleurs bien entretenus agrémentent les nez de leurs arômes et les yeux de leurs couleurs. Alors que Gustave flaire la piste d'un lièvre et que Victor s'interroge sur la possibilité de planter un arbuste fleuri chez lui, un jeune garçon s'approche d'eux :

— Dites monsieur, je peux flatter votre chien ?

— Mais bien sûr, dit Victor d'un air de jovial.

— Dites, comment il s'appelle votre chien ?

— Il se nomme Gustave !

« C'est moi, ça », se dit le chien en relevant la tête.

— Allez, donne la patte Gustave ! dit le jeune garçon.

Au lieu d'obtempérer, Gustave lâche un pet bien fort et bien puant.

— Oh, Gustave ! Mais qu'est-ce que tu as mangé ?

« Moi, ça ? Qu'est-ce que j'ai fait ? », semble dire le chien d'un air innocent.

— Peut-être devrais-je changer ta nourriture. Je vais en parler avec Irène samedi, se dit-il, satisfait d'avoir trouvé un sujet de conversation.

Le soir venu, Victor s'installe comme d'habitude dans son fauteuil et regarde Gustave qui peine à se coucher.

— Le tapis n'est pas assez confortable pour tes vieux os, hein ?

Puis, se souvenant d'une chaise en bambou, remisée au garage. Le pharmacien file en chercher son grand coussin rond qu'il offre au chien.

— Tadam ! Tu vois ça, Gustave ? dit Victor tout heureux de son idée. Le grand confort, non ?
— Wouaf ! répond Gustave en reniflant son nouveau lit.
— Tu es même mieux installé que moi !

Après avoir lui-même déplacé le coussin en angle avec le fauteuil de Victor, Gustave ne se fait pas prier pour s'y coucher.

C'est bien heureux que les deux amis s'endorment devant un documentaire de *National Geographic* sur les animaux d'Afrique.

Samedi...

Bien que Victor ait au préalable vérifié à maintes reprises que son cadran était bel et bien programmé pour le réveiller tôt ce samedi matin, notre vieux garçon était debout bien avant l'alarme, et même avant le livreur de journaux.

« Pas le temps de trainer ! », se dit-il en s'engouffrant dans la salle de bain.

Peu de temps après, alors qu'il chante à tue-tête un air de La Traviata sous la douche, le cadran se met à sonner.

— Zut ! peste Victor, entre deux fausses notes.

Pour faire taire la sonnerie, le pharmacien décide de sortir de la douche tout en laissant couler l'eau. Il enfile ses pantoufles et sa robe de chambre sans s'essuyer, puis court dans la chambre pour faire cesser le vacarme. De retour dans la salle de bain enfumée, il évite sans le savoir, de mettre les pieds dans la flaque d'eau provoquée par sa précédente sortie, puis retourne sous la douche. Soudain, alors qu'il a les cheveux pleins de savon et les yeux clos, l'eau devient subitement glacée.

— Zut ! jure-t-il cette fois en cherchant les robinets des doigts pour fermer le jet.

Comme il ne trouve pas, il doit ouvrir les yeux et bien sûr le savon vient lui piquer les yeux.

— Aïe !

Aveuglé, Victor enjambe le bain avec précaution pour atteindre une serviette suspendue à un support mural. Dans la manœuvre il met malencontreusement le pied sur la flaque d'eau et glisse !

— Oh !

Fouettant l'air comme un drôle d'oiseau pour retrouver son équilibre, Victor se retrouve brusquement assis à califourchon sur le rebord du bain.

— Ouille ! hurle-t-il en bondissant avant de basculer vers l'extérieur.

Par miracle, il réussit à freiner sa chute en s'accrochant à la serviette de bain.

— Fiouf ! dit-il dans un souffle.

Il a à peine le temps de réaliser à quel point son équilibre est précaire que le support cède sous son poids et vient s'écraser sur sa tête.

— Aïe !

Alerté par tout ce boucan, Gustave se lève en jappant pour aller voir si son maitre ne se fait pas attaquer par un troupeau d'éléphants.

Victor se redresse en grimaçant, puis essuie l'épaisse buée qui recouvre le miroir de la salle de bain, pour constater les dégâts.

— Il ne manquait plus que ça ! dit Victor en voyant une grosse bosse lui pousser au front.

— Vite de la glace ! ajoute-t-il avant de s'élancer vers la cuisine, nu comme un ver, Gustave sur les talons.

La tête dans le congélateur, le pharmacien cherche des glaçons alors que Gustave s'est assis et l'observe d'un air hébété.

Faute de trouver ce qu'il cherche, le pharmacien sort une boite de repas congelé qu'il s'appose sur le front.

Ahuri, Gustave suit son maitre du regard.

— Tu comptes manger comme ça ?

Réalisant enfin qu'il n'a pas de vêtements, Victor s'empresse de retourner dans la salle de bain pour mettre sa robe de chambre.

— Dieu du ciel ! Imagine qu'elle décide de venir et me voit comme ça !

Gustave, lui, est resté dans la cuisine à côté de sa gamelle, la regarde et geint :

— Quand est-ce qu'on mange ?

Comme son maitre ne revient pas, Gustave décide d'aller voir dans la chambre ce qu'il mijote. Le vieux garçon s'examine devant le miroir de la coiffeuse.

— Un cardigan jaune et un pantalon gris ? Qu'en dis-tu Gustave ? Sans attendre la réponse du chien, Victor se dit à lui-même.

« Non, trop salissant… »

Pendant que Victor s'affaire à faire tous ses tiroirs, Gustave se couche en soupirant, désespérant de se voir servir son déjeuner dans un temps rapproché.

Enfin satisfait d'un chandail bourgogne et d'un pantalon kaki. Victor retourne à la salle de bain où il se brosse les dents, se gargarise bruyamment puis se rase de près ; trop près même :

— Aïe ! crie-t-il lorsqu'il se coupe légèrement au cou.

Enfin, après ce qu'il semble une éternité à Gustave, Victor dit :

— Nous sommes prêts !
— Super ! Alors on mange ? jappe Gustave.

Lorsqu'il arrive dans le salon Victor, reste interdit devant l'horloge sur la tablette de la cheminée, celle-ci marque 7 h.

— Ciel ! Il n'est que 7 h ! Qu'allons-nous faire pour meubler trois heures ?
— Manger !
— Oh, j'ai une idée ! Et si on se pratiquait avec la balle ?
« Hein ? »
Gustave suit tout de même son maitre à l'extérieur ne sachant pas trop où il veut en venir.

Une fois dans la cour Victor sort une balle de tennis de sa poche et la lance au fond du terrain. Assis à ses côtés, Gustave ne bronche pas.

— Allez Gustave ! Va chercher la balle voyons ! dit Victor ennuyé.

« Pourquoi ? », interroge le chien du regard sans broncher d'un poil.

— Allez, vas-y !

En guise de réponse le chien se couche.

« Ça ne se mange même pas ! », pense-t-il en soupirant.

— C'est ton dernier mot ? interroge le pharmacien, les poings sur les hanches.

— Si tu veux ta balle, va la chercher ! marmonne Gustave, qui détourne le regard.

« Et pourquoi il la lance cette balle s'il la veut au fait ? », s'interroge le chien en regardant le vieux garçon aller lui-même chercher l'objet.

Épuisé, Victor abandonne la balle puis, retrouvant le sourire, il s'exclame :

— J'ai faim, moi !

— Ah ! Ça, c'est intéressant ! jappe Gustave.

— Diantre ! s'exclame Victor, qui s'est arrêté tout d'un coup.

« Hein ? »

— Nous sommes samedi ! réalise-t-il les yeux enflammés de gourmandise.

— Et ? jappe Gustave aux aguets.

— Ça te dit des œufs tournés et du bacon mon Gustave ?

— Oh oui, oh oui, du bacon !

Un rival

Victor et Gustave sont en avance à la bibliothèque pour voir arriver Irène pile à l'heure. La jeune femme porte une robe en lainage vert qui met en valeur son teint clair et, bien sûr, sa chevelure de feu. Comme toujours, Victor reste là, pantois, à la regarder, ce qui crée un léger malaise. Gustave sauve la situation en jappant et remuant la queue pour montrer qu'il était content de voir Irène.

— Gustave, j'ai pensé à toi ! Tiens mon gros toutou, voilà ta friandise au bacon, dit-elle en lui caressant le dessus de la tête.

Le trio entame la marche vers le parc et c'est Irène qui brise la glace :
— Alors Victor vous aimez être un pharmacien ?
— Oh oui ! Cela n'en a pas l'air vous savez, mais c'est passionnant !
— Vraiment, dit Irène d'un air enthousiaste.

Voulant à tout prix éviter que la conversation se termine, Victor lui explique toute l'étendue de ses fonctions, enfin, un sujet qu'il maitrise se dit-il.

Durant tout le trajet jusqu'au parc, pas peu fier de lui souligner l'importance de son travail, le pharmacien s'étend dans d'assommantes descriptions de médicaments et de découvertes expérimentales. Lorsqu'ils arrivent au parc, Victor se rend compte qu'Irène ne l'écoute plus, son regard porte vers un homme qui, plus loin, joue avec son chien sur la grande pelouse.

— Oh, excusez-moi ! Me voilà qui ne parle que de moi. Je suis impardonnable ! dit Victor d'un air honteux.

Mais Irène semble subjuguée par cet inconnu qui enseigne des tours à son chien. Un homme de forte stature, très athlétique et visiblement très confiant dans son rôle de maitre. Même de loin, on peut voir qu'il arbore au bras gauche un tatouage tribal qui dépasse de la manche de t-shirt blanc serré autour de son muscle surdimensionné. Lorsque l'étranger regarde dans leur direction, il salue d'un geste de la main, ce que s'empresse de faire Irène à son tour.

— Vous le connaissez, demande Victor ?
— Oh, c'est Henri ! Il vient souvent à la bibliothèque avec Charlie, son bouvier bernois.

— Vous le laissez entrer avec son chien ?

— C'est un chien pour personnes handicapées visuelles, Henri l'entraine et bientôt il sera prêt à aider un bénéficiaire, n'est-ce pas merveilleux ?

— Très, dit Victor à contrecœur, jetant un regard à Gustave, qui lui retourne son regard avec un soupir.

— Bonjour, Irène, lance l'homme qui vint vers eux en compagnie de son chien.

— Oh bonjour Henri ! Je suis ravie de vous voir !

« On dirait bien, oui ! », se dit Victor, jaloux.

— Mais où ai-je la tête ? Henri, je vous présente Victor, il est pharmacien. Et Victor, voici Henri, il est pompier.

— Enchanté ! dit l'homme en serrant la main de Victor plus fort que nécessaire, se dit le pharmacien en grimaçant un sourire forcé.

Charlie, assis tout droit à côté de son maitre, guettant un ordre, ignore complètement Gustave. Ce dernier n'en a cure.

Les quelques minutes qui suivent sont peut-être longues ou courtes, Victor ne sait trop. Il est là, mais comme en retrait, hors de la conversation entre Irène et Henri, comme s'ils étaient seuls. (Que disent-ils ? Des banalités probablement, même le son de leur voix semble assourdi.) Tout ce que voit Victor, c'est ce jeu de séduction, ces sourires éclatants.

Irène n'en est peut-être pas consciente, mais Victor lui, en est sûr, tout dans le langage corporel de la jeune femme dit que cet homme lui plait : sa façon de secouer ses cheveux vers l'arrière, sa voix suave, son torse bombé, ce sourire lumineux, ses yeux brillants et son corps projeté vers l'avant, cherchant une proximité.

Ennuyé, mal à l'aise et surtout jaloux, Victor prétexte soudain avoir oublié quelque chose sur le feu à la maison et quitte le parc précipitamment, entrainant Gustave à sa suite.

C'est triste et déçu que Victor rentre chez lui. Ce soir-là, il dort mal.

« Comment rivaliser avec un pompier qui entraine des chiens pour personnes handicapées visuelles ? »

2

Le lendemain, Victor est si triste qu'il en perd l'appétit. Il passe la matinée à errer d'une fenêtre à l'autre en ruminant. En voyant cela, Gustave se couche sur son coussin et attend, impuissant.

« Fini les femmes ! Terminé ! Elles sont un poison pour l'homme ! », se dit Victor obstiné.

C'est sur cette détermination que Victor s'installe devant son modèle réduit qui l'attendait là depuis ce jour où il a rencontré Irène, mais le cœur n'y est pas. Avec un soupir, il range les morceaux dans la boite et va s'assoir au salon.

— Ridicule, je suis complètement ridicule…

Le menton enfoui dans la paume de sa main et le regard perdu dans le vide, il soupire. En geste de sympathie, Gustave fait de même en déposant sa gueule sur le plancher et soupirant à son tour.

— Mais qu'est-ce que je peux faire Gustave ? Pourquoi n'es-tu pas un chien intelligent comme Charlie, toi ? Hein ? Tu ne rapportes même pas la balle !

« Ah non, pas encore cette balle ! »

Le lundi, Victor est si triste qu'il passe devant le café L'hirondelle sans s'arrêter. Il soupire, les mains dans les poches, perdu dans ses pensées. Marcel, qui le voit passer, secoue la tête en signe de découragement avant de sortir sur le trottoir pour rejoindre Paulette, qui passe le balaie devant ses étals.

— Dis donc Paulette, qu'est-ce qu'il a Victor ?
— Ça se voit voyons, il est amoureux !
— Oh, le pauvre ! dit Marcel en secouant la tête.

C'est sans entrain et comme un automate que Victor s'affaire à la pharmacie. Il n'écoute pas vraiment madame Dupré quand celle-ci lui demande conseil contre une allergie qu'elle croit avoir développée samedi dernier.

Plus tard, il évite de justesse la catastrophe en réalisant à la dernière minute qu'il s'est trompé dans le dosage d'une ordonnance.

La semaine s'écoule lentement. L'humeur du pharmacien est comme la météo : la pluie ne semble pas vouloir cesser, tout comme son cafard. Le jeudi, la visite d'André, qui a toujours de bonnes histoires, apporte un peu de joie au pharmacien.

Pendant que son ami remplit les étagères de bonbons, l'intérêt de Victor est porté vers les magazines qu'André a déposés sur le comptoir, l'édition du mois d'une publication pour adolescents propose un tatouage tribal soluble à l'eau.

C'est avec le dernier numéro de *Trop cool* sous le bras que Victor rentre chez lui ce soir-là.

Après avoir sorti Gustave et lui avoir servi son repas, le pharmacien s'installe devant le miroir de la salle de bain pour coller le tatouage tribal à son biceps. Suivant les instructions, Victor attend que le transfert soit bien fait sur sa peau avant de délicatement retirer le décalque. Tout heureux du résultat, le pharmacien sort d'un bond dans le couloir où Gustave attend. Serrant son biceps du mieux qu'il peut pour faire saillir le muscle, il dit en empruntant un ton grave :

— Je suis un macho ! Alors, Gustave, qu'en penses-tu ?

En guise de réponse, le chien se couche et détourne la tête avec un soupir.

— Tu as bien raison, je suis ridicule…

Lorsqu'il passe devant le café, Marcel sort pour l'inciter à entrer.

— Victor ! Allez viens prendre ton café et raconte-moi tout !

— Il n'y a rien à raconter ! dit Victor sur la défensive, que vas-tu chercher là ?

— Oh le vilain cachotier ! Alors tu es amoureux ? lui dit Marcel en s'avançant vers lui au-dessus du comptoir d'un air conspirateur.

— Chut ! s'exclame Victor regardant de droite à gauche, alarmé. Qu'est-ce que tu racontes ? Mais tais-toi donc Marcel ! Si les gens t'entendent, je vais être la risée du village !

— Oh, c'est que c'est vrai alors ! rigole Marcel. Se penchant par-dessus le comptoir il demande d'un air conspirateur : qui est-ce ?

— Personne ! De toute façon, j'ai tout gâché... soupire Victor en s'appuyant le menton dans le creux de la main.

— Crois-en mon expérience, offre-lui du chocolat, les femmes adorent le chocolat. Avec ma femme, ça réussit toujours !

La suggestion de Marcel trotte dans la tête de Victor toute la journée. Une fois celle-ci terminée et qu'il retourne l'écriteau il dit tout haut :
— Pourquoi pas ? avant de se diriger en vitesse vers la chocolaterie de la rue principale.

Avec une boite de chocolats assortis sertie d'un ruban rouge, Victor se dirige vers la bibliothèque où il a l'intention d'inviter Irène à un pique-nique.

Lorsqu'il tourne le coin de l'édifice pour se rendre à la porte principale, le pharmacien est surpris de voir une foule attroupée autour d'un stand ou de jeunes scouts vendent des gâteaux pour financer une expédition à la montagne. Avec eux, la dame patronnesse Melançon arrête les passants, les intimant d'encourager les jeunes. Assise derrière une table à récolter l'argent, Irène splendide, distribue mercis et sourires. Le cœur de Victor s'emballe, il se dirige vers elle comme dans un rêve avec la boite de chocolats tendue vers son adorée.

Quand elle le voit, Irène est manifestement surprise :
— Victor, comme c'est gentil à vous d'être venu !
— C'est pour vous dire que… JE SUIS LÀ IRÈNE ! affirme Victor, qui, malgré son air décidé, réalise que sa déclaration est boiteuse.

— Oh, vraiment ! Enfin, c'est ce que je vois, dit Irène d'un air embarrassé.

— Oui, balbutie Victor je voulais vous inviter à un pique-nique demain. Voyez, je vous ai acheté des chocolats ! dit-il fièrement avant de dénouer le ruban et de lui agiter la boite ouverte sous le nez.

— Il ne fallait, pas voyons Victor, c'est trop ! D'ailleurs, je suis hypoglycémique donc je ne mange pas de sucre, dit-elle, gênée.

— Je suis confus, je ne savais pas, dit Victor déçu, je m'en souviendrai pour le pique-nique !

— C'est que… balbutie Irène, rouge d'embarras.

Victor suit le regard de la jeune femme qui est porté derrière lui. En se retournant, Victor voit un attroupement d'enfants, les jeunes s'effacent pour laisser passer le sujet de leur admiration, un magnifique bouvier bernois que Victor reconnait aussitôt : Charlie. Et à ses côtés, vêtu en chef scout : Henri.

Déconfit, Victor se retourne vers Irène qui rouge de honte lui dit :

— C'est que… bredouille Irène, Henri m'a demandé de l'accompagner à la montagne avec les scouts ce weekend, lâche-t-elle enfin.

— Oh, je comprends, dit Victor planté là avec sa boite de chocolat ouverte, lorsque Henri arrive à ses côtés et lui donne une vigoureuse tape dans le dos.

— Tiens, mais qui voilà ? C'est notre ami, le pharmacien ! Et qu'est-ce que c'est que ça ? Des chocolats ?

— Oui, Henri, n'est-ce pas gentil de la part de Victor, mais comme je lui disais, je ne peux pas en manger…

— Mais, moi j'adore les chocolats ! dit Henri en se servant dans la boite sous les yeux ahuris de Victor. Vous ne pensiez pas manger tous ces chocolats tout seul, n'est-ce pas mon coquin ? raille Henri avec un clin d'œil autant pour le pharmacien que pour Irène. Vous voyez ? Je vous fais une fleur en vous aidant à les manger ! ajoute le pompier en riant.

Humilié, Victor a complètement perdu ses moyens, quant à Irène tout aussi embarrassée, elle n'ose le regarder.

— Monsieur Victor ! Que faites-vous là ! Vous, alors ! rit madame Melançon. Vous bloquez les gens, venez par ici ! ordonne l'organisatrice en agitant la main avec vigueur. Vous devez choisir vos gâteaux avant de payer, voyons !

Encore sous le choc, le pharmacien est toutefois heureux de l'intervention de la dame patronnesse, ce qui lui permet de reprendre une certaine contenance.

Avec un sourire forcé, le pharmacien s'efface et quitte la place en vitesse.

Réalisant qu'il tient toujours la boite de chocolats, Victor la jette avec rage dans une poubelle avant de rentrer chez lui, à pied.

Samedi matin, même si le soleil n'est pas encore levé, Victor, quant à lui, a les yeux bien ouverts et fixe le plafond. La veille, il a subi, estime-t-il, la pire des humiliations. En plus de ne pas avoir le moral, il se sent physiquement mal en point, abattu, faible et vidé de toute énergie.

« Est-ce que c'est ça, une peine d'amour ? », se demande-t-il. Mais comment en suis-je arrivé là ? Comment ai-je pu m'imaginer avoir une chance avec une si belle femme ? Elle voulait seulement trouver une maison pour Gustave ! »

Victor en est là dans ses pensées, à se tourner et retourner dans son lit, en tapant dans son oreiller pour trouver une position confortable faute d'y trouver du réconfort.

N'éprouvant aucune envie de se lever, le vieux garçon continue de s'apitoyer sur son sort :

« J'ai été utilisé ! », tente-t-il de se convaincre pour diaboliser Irène.

« Et que ferais-je d'une femme dans ma vie ? », ajoute le pharmacien à son plaidoyer, tentant désespérément de trouver un bon côté à la situation.

D'humeur vengeresse, Victor ose même penser à retourner Gustave au refuge : « Je n'ai jamais voulu de chien, moi, après tout ! »

Comme s'il avait entendu son nom dans les pensées de son maitre, Gustave s'est levé et vient voir ce qui retient Victor au lit alors qu'il le sait réveillé.

Le chien s'assoit près du lit face à son ami et le regarde avec un air triste comme seuls les chiens savent le faire.

— Mon pauvre Gustave, si tu savais quelle pensée mesquine je viens d'avoir !

En guise de réponse, le chien remue la queue et pose sa tête au bord du lit jetant son regard dans celui de Victor.

Toutes idées vengeresses envolées, le pharmacien est horrifié d'avoir pu penser faire de Gustave le bouc émissaire de ses tourments.

Honteux, il regarde ce chien, qui inquiet de voir son maitre en état de détresse, reste là, impuissant, ne sachant quoi faire d'autre que d'offrir sa présence comme réconfort. Victor retient un sanglot, mais laisse échapper une larme. Cette preuve du trop-plein de son chagrin n'a pas le temps d'aller bien loin, car aussitôt elle se fait effacer par un grand coup de langue de Gustave. Cette démonstration de compassion redonne le sourire au vieux garçon.

— Bon terminé les pleurnicheries ! Que fait-on aujourd'hui mon ami ? demande Victor à Gustave en s'extirpant du lit.

— Et si on mangeait ? jappe ce dernier.

Le camping

Après un copieux petit déjeuner, Victor ouvre son journal en sirotant son café. Dans le cahier weekend, il trouve un article portant sur les campings sauvages.

— Dis donc Gustave, pourquoi n'irions-nous pas camper nous aussi ?
— Hein ? Camper ?

Comme le chien le regarde sans comprendre, Victor se dirige vers le garage en sifflotant. Intrigué, Gustave l'a suivi, et l'observe maintenant grimper sur une étagère où sont rangées plusieurs boites.

« Houla, aie ! Il va tomber ! », se dit Gustave, qui préfère détourner les yeux.

À la grande surprise du chien, Victor redescend, sain et sauf, avec ses trouvailles qu'il s'empresse aussitôt de dépoussiérer.

— Tu vois Gustave, je suis bien équipé pour le camping ! Mon père avait acheté cet équipement quand j'étais petit. Il y a une tente avec ses piquets, un réchaud au propane, un sac de couchage, une canne à pêche et une glacière. Et bien sûr…, dit le vieux garçon avec un air de suspense alors qu'il tire sur une bâche.

« Tadam ! Un canoë !

Décidé, Victor sort son break Volvo du garage, puis retourne dans la maison fabriquer des sandwichs. Ensuite, il hisse le bateau sur le toit et le fixe aux barres de support qui s'y trouvent. Une fois satisfait de son amarrage, mais essoufflé par l'effort, il continue néanmoins ses préparatifs.

Sous le regard intéressé du chien, il place ensuite le sac de moulée dans la voiture ainsi que sa gamelle. Gustave se demande bien où il va, car, où qu'aille sa gamelle, il ira sans doute aussi. Le chien continue d'observer les moindres gestes du pharmacien qui va-et-vient de la maison à la voiture, apportant vêtements, couvertures et bottes de pluie.

— Allez hop ! Grimpe mon toutou, nous partons à l'aventure ! dit Victor en ouvrant la portière du côté passager à Gustave qui n'hésite pas et saute en voiture.

— Wouaf !

— Nous allons d'abord nous arrêter à la pharmacie pour y prendre de la crème solaire. Imagine un peu, le pharmacien qui revient de vacances, rouge comme un homard ! Cela ne serait pas très sérieux, explique-t-il au chien en riant.

— Wouaf ! jappe Gustave en signe d'assentiment, même s'il n'a rien compris.

— Attends, je vais ouvrir les fenêtres, c'est qu'il fait chaud dans la voiture !

Gustave ne sait plus où regarder, il y a tant à voir ! Submergé d'odeurs de toutes sortes, il aime sentir le vent qui fait virevolter ses oreilles et s'engouffre dans sa fourrure. Lorsque les deux amis passent sur la rue principale, Marcel, qui fait un brin de causette cause avec Paulette, ne reconnait pas tout de suite Victor lorsqu'il les salue de la main.

— Dis Paulette, l'homme au chapeau de pêche dans la vieille Volvo, ça ne serait pas Victor ?

— Eh bien oui, ça en a tout l'air ! On dirait bien que notre pharmacien s'en va pêcher ! dit Paulette d'un air étonné.

Victor stationne sa voiture devant la pharmacie et entre avec Gustave.

— Tu vois, c'est ici que je travaille Gustave ! Tu ne sais pas lire, mais c'est mon nom qui est inscrit sur la devanture, dit le pharmacien les poings sur les hanches, content de faire découvrir son lieu de travail à son ami.

Gustave, a tout de suite senti l'odeur de son maitre dans la place. En peu de temps il a fait le tour et va se s'assoir devant le comptoir aux friandises en remuant la queue.

— Oh, non, mon toutou ! Ce n'est pas bon pour les chiens, ça !

Un peu déçu, Gustave regarde Victor qui fait l'inventaire de sa cueillette.

— Bon j'ai tout ; de la crème solaire, du chasse-moustiques, des sparadraps et un baume antiseptique. Je crois que cela ira ! Passe devant Gustave, je vais verrouiller la porte derrière nous.

En repassant devant Marcel et Paulette, Victor s'arrête à leur hauteur.

— Bonjour vous deux, je vous présente Gustave !

— Alors c'est toi, le nouvel ami de Victor, lui dit Marcel en lui caressant la tête.

— Attends, je vais te donner un biscuit ! dit Paulette, qui entre dans l'épicerie en courant pour revenir bien vite avec la gâterie.

Comme Gustave a quitté la fenêtre pour déguster son biscuit sur le siège, Marcel se penche dans l'ouverture pour voir son ami à l'intérieur.

— Alors, Victor, tu vas pêcher ?

— Oui, Gustave et moi allons faire du camping sauvage.

— Et où est-ce que vous allez ? demande à son tour Paulette.

— Nous allons au lac du Boiteux, un endroit où mon père m'emmenait pêcher quand j'étais petit.

— Et c'est loin ça ? demande Marcel.

— Pas trop, enfin dans mon souvenir ce n'était pas si loin.

— Attends, tu ne vas pas me dire que tu pars sans carte ? dit Marcel d'un air horrifié.

— Je vais me fier à mes souvenirs, dit le vieux garçon en se pointant du doigt le côté de la tête. J'ai une excellente mémoire !

— Eh bien si tu le dis, ajoute le tenancier du café d'un ton dubitatif. Faites bon voyage !

Comme la Volvo s'éloigne, Marcel dit à Paulette :

— Je lui donne quinze minutes pour être complètement perdu.

— Le pauvre vieux, il n'est pas sorti du village depuis des années ! Il devrait faire du camping dans sa cour, ce serait plus sage.

Quinze minutes plus tard, le duo est sorti du village et fait route vers le nord en direction des montagnes. Gustave, oreilles au vent, se dit qu'il aime bien Paulette et espère qu'il pourra retourner au « boulot » avec son maitre à l'occasion.

Certain de trouver le chemin du lac facilement grâce à sa boussole à souvenirs, Victor tourne malgré tout en rond et s'en aperçoit enfin lorsqu'il voit pour la seconde fois la même station d'essence. Avec un soupir de dépit, il décide de s'y arrêter.

— Après tout, si je dois tourner en rond, aussi bien mettre de l'essence !

Une fois le plein fait, le pharmacien entre dans le commerce où il voit près de la caisse une enseigne indiquant que des vers sont à vendre sur place. Tout à coup, il se souvient qu'il est déjà venu dans cet endroit. Heureux, Victor demande à l'homme derrière le comptoir son chemin pour trouver le camping.

Après avoir bien noté les indications et laissé Gustave se dégourdir les pattes, les deux amis reprennent la route. Grâce aux indications de l'employé de la station d'essence, vingt minutes plus tard, Victor et Gustave arrivent à destination.

Le soleil est déjà bas et la journée tire à sa fin lorsque Victor gare le break à un endroit désigné.

— Ce n'est pas tout, il faut maintenant monter la tente avant qu'il ne fasse noir !

Pendant que Victor tente du mieux qu'il peut de monter sa tente avec l'aide de cordes et piquets, Gustave lui renifle les alentours, lorsqu'il tombe sur le sceau de vers que Victor a acheté, il se dit avec une grimace :

« J'espère que ce n'est pas ça le repas ! »

Après moult soupirs, Victor est satisfait de son abri (aux allures d'une tente après le passage d'une tempête). Il regarde tour à tour les vers puis le canoë, qui est toujours amarré sur la voiture, et se compte bien heureux lorsque ses yeux tombent sur la glacière.

— Le poisson, ce sera pour demain Gustave, ce soir ce sera sandwich au jambon, croquettes et saucisses sur le feu.
— Saucisses ? Ça, je connais !
— Ah ! Tu le connais ce mot, hein, mon coquin ?

C'est avec bonne humeur que Victor rassemble du petit bois pour faire un feu de camp, pendant que Gustave monte la garde aux côtés de la glacière. Grâce aux allumettes sèches, en moins de deux le feu est allumé et Victor se gonfle le torse de fierté. Il prend ensuite une branche à laquelle il insère une saucisse avant de la placer au-dessus de la braise.

Gustave, qui n'a rien manqué de l'opération s'étire le museau pour suivre la saucisse.

— Attention voyons Gustave ! Tu vas te bruler. Attends un peu qu'elle soit dorée, tu vas voir, elle sera encore meilleure !

Impatient, le chien ne lâche pas la saucisse des yeux tout en salivant d'appétit.

Une fois la saucisse prête, Victor la retire de la branche pour l'offrir à son ami.

— Avec de la MOUTÂ-R-R-R-DE ? dit Victor en imitant madame Melançon. Il ne peut s'empêcher de rire franchement lorsqu'il voit que Gustave a retroussé les oreilles au son aigu de l'imitation.

Il n'est pas encore 21 h lorsque Victor, après avoir baillé à s'en décrocher la mâchoire, déclare qu'il est temps de se coucher.

— Mais avant tout, il est primordial de bien tout nettoyer et de serrer la nourriture de façon hermétique, pour ne pas attirer les ours ! explique Victor à Gustave qui ne comprend rien, mais qui suit la manœuvre, ou plutôt les saucisses, de près.

Une fois le tout rangé, Victor entre sous la tente et invite Gustave. Toutefois ce dernier préfère dormir à la belle étoile.

— Comme tu veux, mais, si tu as peur, tu n'as qu'à japper pour entrer.

Moins d'une minute plus tard, Victor s'est endormi et, outre les puissants ronflements du pharmacien, la forêt est calme. Durant quelques minutes, Gustave est aux aguets à l'affut de bruits qui pourraient l'alerter de la présence d'une bête.

Mais tous les animaux de la nuit semblent s'être tus.

« Ils doivent avoir peur des ronflements de mon maitre ! », se dit Gustave, sympathisant avec les petites bêtes qu'il devine aux alentours, avant de se coucher sur la terre battue. Il ne s'endort pas tout de suite, préférant regarder les étoiles et faire le point sur sa vie.

Lorsqu'il ferme enfin les yeux, il se dit qu'il est heureux.

4

Au matin, dès les premiers rayons du soleil, une chaleur étouffante s'installe sous la tente et réveille Victor, qui sort bientôt de l'abri en s'étirant. Après ses trois genoux flexions, le vieux garçon muni d'un rouleau de papier de toilette, s'éloigne du campement.

— Je reviens bientôt Gustave, je dois répondre à un appel de la nature !

De son côté Gustave fait de même après avoir flairé une demi-douzaine d'arbres. Victor, cherche un endroit discret pour se soulager et, lorsqu'il trouve une petite clairière où poussent des herbes hautes, il décide de s'y installer. Sur le chemin du retour vers le campement, le pharmacien commence à ressentir des démangeaisons de plus en plus intenses sur les bras, les jambes, et aussi, sur les fesses. Il en vient vite à la seule conclusion possible : il s'est frotté à de l'herbe à puce !

— Aie ! C'est dément comment cela me gratte ! Mais heureusement, je sais quoi faire ! dit-il tout haut, heureux que ses connaissances puissent lui venir en aide. Vite de la pommade antiseptique !

Ignorant toute pudeur, Victor retire ses vêtements et après avoir trouvé le médicament dans la voiture, s'en enduit en entier. C'est couvert d'une crème blanche et tout nu qu'il entend soudain un bruit.

« Crack ! »

Le son d'une branche qui craque, Gustave se met alors à japper pour avertir l'intrus.

— Qui que tu sois, vilain ou pas, sache que je suis là et que je n'ai pas peur de toi ! menace Gustave en aboyant.

Pendant ce temps, Victor tente de se rhabiller en vitesse. C'est finalement en caleçon et chemise à l'envers qu'il salue l'« intrus » qui se révèle être un couple de randonneurs qui passe à quelques pas de là, sur un sentier menant au lac.

Après avoir déjeuné et rangé les restes, Victor descend le canoë de la voiture. Grâce à un petit portage sur deux roues, il peut facilement transporter l'embarcation jusqu'au lac. Il charge la glacière, les vers et la canne à pêche dans le petit bateau puis fait signe à Gustave, qu'il est, le prochain.

— Allez, mon chien, c'est à ton tour !

Nullement convaincu, et ce, malgré les encouragements de son maitre, Gustave avance, recule, jappe, hésite encore... Jusqu'à ce qu'à bout de patience, Victor prenne les choses en mains, dont son chien.

— C'est que tu es lourd ! se plaint le pharmacien, qui, miraculeusement, réussit à déposer Gustave dans le bateau.

— Tu vois ! Tu es un vrai chien de pêche maintenant ! rigole Victor avant de faire dangereusement tanguer l'embarcation lorsqu'il y monte à son tour.

5

La matinée passe vite et après quelques inquiétudes, Gustave s'est habitué à cet étrange moyen de transport. Le chien jappe après les canards et aimerait bien sauter à l'eau pour les poursuivre ce que Victor le dissuade de faire pour ne pas faire chavirer l'embarcation.

Les poissons aussi démontrent de la bonne volonté et mordent au plus grand plaisir des deux amis. Victor hisse à bord quatre truites sous les encouragements de Gustave, qui aboie en guise d'applaudissements. Quand vient le temps de rentrer au camp, Victor perd l'équilibre en se levant debout dans le canoë et tombe à la renverse ! Comme ils sont près du rivage, le vieux garçon baigne dans peu d'eau. Prenant cela pour une permission, Gustave saute à son tour et bondit joyeusement dans l'eau, éclaboussant Victor du même coup. Réalisant que la scène est plutôt cocasse, Victor pouffe rire avant que Gustave ne vienne lui lécher le visage vigoureusement.

— Nous ne sommes peut-être pas les meilleurs aventuriers mon chien, mais la glacière et le poisson sont saufs et tant qu'il y a à manger, tout n'est pas perdu !

— Bien d'accord ! jappe d'assentiment Gustave, à qui le mot « manger » suffit amplement.

Après avoir nettoyé les poissons, Victor peut enfin les faire griller sur le petit poêle au propane qu'il a apporté. Tous deux concentrés sur la tâche, ils ne remarquent pas qu'ils ont de la compagnie jusqu'à ce qu'un grognement les fasse se retourner. Vison d'horreur, un ours noir est là, à moins de trois mètres ! Victor, pétrifié d'effroi, est incapable de bouger. Quant à Gustave, il se met à grogner et fonce en direction de l'ours ! Contre toute attente, la grosse bête prend la poudre d'escampette, Gustave sur les talons !

— Non, monsieur ! Ce poisson n'est pas pour toi !

Après l'effet de la surprise, Victor se secoue enfin et, pâle comme linge, se lance à la poursuite des deux bêtes.

— Gustave, revient voyons ! crie-t-il, craignant que l'ours décide de se battre contre le chien.

Sans hésitation, Victor s'enfonce à son tour dans le bois. Rapidement hors d'haleine, le pharmacien doit s'arrêter pour souffler. Lorsqu'il relève la tête, il entend un bourdonnement. Croyant d'abord que le son est produit par ses oreilles, il se les frotte, puis comprend que le bourdonnement est tout autour de lui : il a marché sur un nid de guêpes !

Rebroussant chemin à toute vitesse, oubliant même qu'il est essoufflé, le pharmacien hurle comme un possédé en courant vers le lac.

Alerté par les cris de son maitre, Gustave cesse de chasser l'ours pour revenir au secours de Victor, qui semble en danger. Lorsque le chien sort du bois, il voit son maitre qui, poursuivit par une nuée de guêpes, saute tête première dans le lac.

— Alors on joue ? jappe-t-il avant de sauter dans l'eau à son tour.

Lorsque Victor émerge, le danger est écarté et le bourdonnement des guêpes a été remplacé par le doux murmure des grillons.

Assis sur la grève, le vieux garçon réalise que le bout du nez lui fait mal. Lorsqu'il lui touche, c'est avec effroi qu'il constate que ce dernier gonfle comme un ballon !

— Une piqûre de guêpe ! Ne manquait plus que ça !

Une fois sur pieds, le pharmacien se dépêche de revenir au campement pour soigner l'énorme excroissance qui lui pousse au milieu du visage.

Alors qu'il cherche la trousse de premiers soins dans la voiture, le jappement de Gustave le fait se retourner.

— Qu'est-ce qu'il y a encore ?

À quelque pas, près du réchaud, attiré sans doute par l'odeur du poisson, une petite bête noire striée de deux bandes blanches.

— Une moufette ! s'écrie Victor.

Avant qu'il ait le temps de l'en empêcher, Gustave est déjà au-dessus de la petite bête pour la faire déguerpir.

— Non, Gustave !

Trop tard, la moufette a déjà lâché son jet sur le chien. L'horrible odeur est si prenante que Victor a peine à respirer.

Surpris, Gustave, les yeux pleins d'eau, ne cesse d'éternuer. Il s'assit devant Victor tout piteux.

Dépité, mal en point et surtout fatigué. Victor lance un grand soupir de découragement.

— La campagne, ce n'est pas pour nous mon chien.

Allez, on rentre à la maison ! Tu as besoin d'un bain. Que dis-je ? Plusieurs bains de jus de tomate ! Et ça, tu vois, je n'ai pas songé à en apporter !

Une visite inattendue

Le lundi, c'est avec un sparadrap sur le nez et des boutons rouges sur tout le corps que Victor va travailler.

Lorsqu'il s'arrête au café L'hirondelle, il fait bien rire Marcel en racontant ses aventures du weekend. De l'autre côté de la rue, appuyée sur son balai, Paulette agite la tête de droite à gauche en signe de compassion. La commerçante s'efforce de ne pas trop rire au passage de Victor, qui, avec son pansement sur son nez surdimensionné, ressemble étrangement à un personnage de bande dessinée.

Peu de temps après l'ouverture de la pharmacie, Victor reçoit la visite de madame Melançon, qui, suivie de Margot, s'avance sans plus de cérémonie directement vers le comptoir.

— Mais que vous arrive-t-il encore ? demande sans détour l'imposante femme.

— Vous n'avez pas assez de votre matinée pour que je vous raconte mes mésaventures en forêts !

Maintenant qu'il a regagné le confort de la civilisation, et qu'il a soigné tous ses bobos, Victor estime l'histoire des plus cocasses.

— Outre mes blessures de guerre apparentes et l'odeur de moufette qui flotte toujours autour de mon chien et de tout l'attirail de camping d'ailleurs…

Victor en est là dans son histoire lorsqu'il voit du coin de l'œil la chevelure rousse d'Irène, qui passe devant la fenêtre visiblement sur le point d'entrer dans la pharmacie. Lorsque la cloche retentit, il reste là, sans voix, la bouche ouverte à la regarder avancer vers lui. Madame Melançon et Margot, qui n'ont rien manqué de la scène, échangent un sourire entendu.

— Bonjour Victor, dit Irène souriante.

— Bo… bon… bafouille le pharmacien qui vire au rouge.

— Bonjour, mademoiselle Irène ! Monsieur Victor nous racontait sa passionnante aventure ! intervient madame Melançon au secours du vieux garçon.

Remarquant les blessures du pharmacien, Irène s'écrie :

— Mon Dieu, Victor, vous êtes blessé ? Dit-elle en avançant la main vers son visage. Instinctivement, le vieux garçon recule.

— Oh, excusez-moi ! dit Irène en reculant à son tour. Cela est-il douloureux ? demande-t-elle visiblement inquiète.

— Ne vous inquiétez pas, ce n'est rien. Cela parait pire que ça l'est, je vous l'assure ! C'est davantage ce pauvre Gustave qui est le plus à plaindre. Et ça se sent !

Enfin à l'aise, Victor commence à raconter l'épisode de la moufette à Irène allant même jusqu'à mimer certains détails, ce qui fait bien rire la jeune femme.

— Allez venez Margot, partons ! chuchote la dame patronnesse à son amie…

— Mais, nous n'avons pas…

— Taratata ! Nous reviendrons plus tard !

Ajoutant le geste à la parole, madame Melançon s'éloigne vers la porte où, au dernier moment, elle se retourne et fait au revoir de la main à Victor avec un air de conspiratrice. Quant à Margot, elle sort à demi de derrière le rempart Melançon pour faire au pharmacien un signe d'encouragement en montrant le pouce en l'air assorti d'un clin d'œil.

Amusé par les simagrées des deux dames dans le dos d'Irène, Victor n'en garde pas moins les yeux sur la jeune femme.

— Je dois aller travailler Victor, mais j'aimerais beaucoup que vous me racontiez toutes vos mésaventures. J'étais venue vous inviter à prendre le thé chez moi après le travail, si cela vous tente bien sûr.

N'en croyant pas ses oreilles, Victor s'empresse d'acquiescer.

— J'en serai enchanté, dit-il, droit comme un soldat aux gardes à vous.

— Je suis contente alors ! dit Irène en fendant un grand sourire. À 17 h ? Vous pourriez m'attendre devant la bibliothèque et nous marcherions ensemble ?

— Merveilleux ! Et, vous voulez que j'apporte quelque chose ?

Devant l'air circonspect d'Irène, Victor s'empresse d'ajouter : en toute amitié, bien sûr…

— Oh, cela peut-être aussi un rendez-vous galant vous savez ! dit Irène en baissant les yeux… Lorsqu'elle les relève, le rouge qui a envahi ses joues s'estompe en voyant Victor qui sourit comme un grand benêt.

— Vous savez Victor, je ne mange pas de chocolat, mais j'aime bien les fleurs ! dit-elle rayonnante avant de sautiller vers la porte pour se sauver.

Victor est encore planté là, la bouche ouverte quand il est tiré de son rêve éveillé par madame Dupré :

— Grand Dieu, monsieur Victor, on m'a dit que vous avez été attaqué par un ours ?

Avant midi, tout le village connaissait les aventures de Victor, mais surtout le rendez-vous galant qu'il avait l'après-midi même avec la belle bibliothécaire.

À 17 h, Victor est au rendez-vous, un bouquet de marguerites à la main. À sa vue, Irène se presse vers lui, tout sourire.

Alors qu'elle approche, Victor ne sait pas trop s'il rêve et, se rappelant toute la peine qu'il a eue il y a peu, du coin de l'œil il guette la porte, craignant de voir Henri surgir à tout moment. Lorsque la belle arrive à sa hauteur, elle l'embrasse sur la joue et plonge son petit nez dans le bouquet de marguerite.

— J'adore les marguerites, Victor ! Comment avez-vous deviné ?

Heureux d'avoir fait un bon coup, Victor hausse les épaules d'un air gêné.

— Allez, venez ! Nous allons prendre le thé chez moi dit-elle avant de lui prendre la main pour l'entrainer sur le chemin.

Victor est comme sur un nuage lorsqu'il entre dans le petit appartement de la jeune femme. Tout le décor

est si féminin, si parfumé de rose et de lavande !
« Impossible qu'un homme y ait déjà fait son
territoire. », pense-t-il avec soulagement alors qu'Irène
lui propose une chaise fleurie.

— Vous voyez, ce n'est pas très grand et je suis en
location c'est pourquoi je ne peux pas avoir d'animaux
ici. Explique-t-elle en mettant la bouilloire sur le gaz.

— Petit, mais charmant ! complimente Victor en
posant les yeux sur une collection d'animaux en cristal
disposée sur une petite étagère.

Alors qu'Irène est occupée à préparer le thé à la
cuisine, le regard du pharmacien ère sur l'unique pièce
tapissée de grosses fleurs roses. Sur le lit, une peluche
trône au milieu de plusieurs coussins de taille et
couleurs différentes. Sur l'un des murs, Victor n'est pas
surpris de découvrir une bibliothèque bien garnie.
Parmi les titres, il reconnait les grandes œuvres d'Hugo,
Camus, Hemingway et plusieurs autres. Sur un autre
rayon, il découvre en Irène un penchant pour les
mystères avec des livres d'Agatha Christie et de Sir
Conan Doyle.

Puis, en voyant une encyclopédie historique, il ne
peut s'empêcher de demander :

— Je vois que vous aimez l'histoire Irène ?

— Oh oui ! J'ai une réelle passion pour le début du
siècle. Toutes ces inventions, c'est si passionnant ! Vous
vous rendez compte Victor, de ce que cela devait être
pour les gens de l'époque ? lui crie Irène de la cuisine.

Toutes ces découvertes en si peu de temps ! La voiture de monsieur Ford par exemple et le premier vol des frères Wright !

Trop heureux de se découvrir un intérêt commun, Victor s'empresse de lui parler de son passe-temps préféré.

— Vous aimez les avions ? J'ai une belle collection de modèles réduits du début du siècle.

— Vraiment ? Savez-vous qu'il y aura bientôt une exposition sur les avions de la Première Guerre mondiale au musée ? dit Irène en prenant place dans un fauteuil face à Victor après avoir déposé un plateau à thé ainsi que des gâteaux.

— Peut-être pourrions-nous y aller ensemble ?

— Oh, ce serait formidable !

L'instant est si parfait, que Victor ose à peine respirer. Au comble du bonheur, il enregistre chaque détail pour se remémorer un jour ce moment précieux.

— Vous aimez les pâtisseries ? lui demande Irène tout en lui proposant une brioche à la cannelle.

Comme si un voile s'était levé, l'ambiance est sereine et propice à la confidence. Irène dépose sa tasse de thé délicatement, lisse sa jupe sur ses genoux et relève la tête, calme et sérieuse.

— Je dois vous avouer Victor que je me sens vraiment honteuse.

Alarmé, Victor dépose sa tasse à son tour et avance le torse, prêt à entendre la confession.

— Vous savez pour Henri et cette idée idiote d'accepter de l'accompagner avec les scouts…

— Ah, ça ! dit Victor, qui baisse la tête pour fixer son regard sur les tasses posées sur la table basse. Voyons Irène, inutile de vous justifier, c'est normal que vous préfériez la compagnie d'un homme tel qu'Henri…

— Justement non ! Bien sûr que non ! Je ne suis qu'une sotte ! dit-elle en haussant le ton. Le visage rouge, Irène se radoucit avant de poursuivre : vous voyez Victor, Henri est la représentation même de l'homme idéal selon les idées préconçues de mes sœurs.

— Vous avez des sœurs ?

— Oui, seulement, aucun frère. Et mes sœurs sont diamétralement différentes de moi ! s'empresse d'ajouter Irène. Elles sont toutes les deux très populaires et ont beaucoup d'amis. Je suis la plus jeune et j'ai toujours eu l'impression d'être le vilain petit canard.

Victor l'écoute attentivement, ce qui encourage la jeune femme à continuer.

— J'aime beaucoup mes sœurs et je les ai toujours admirés. L'une d'entre elles, est sportive et a remporté plusieurs compétitions, sa chambre est pleine de rubans et trophées. Mon père est si fier d'elle ! Quant à la plus âgée, c'est une reine de beauté ! Ma mère l'a inscrite à une compétition et elle a remporté le premier prix !

— Elles sont gentilles avec vous, vos sœurs ?

— Oh oui ! Et elles ne sont pas du tout vantardes ! Elles n'en ont pas besoin, tout leur réussit ! Une a épousé un athlète de haut niveau, tandis que l'autre est fiancée à un enquêteur de police. Quant à moi, dit Irène en soupirant, en plus d'être timide, j'ai porté des lunettes dès mon plus jeune âge, car je suis myope comme une taupe ! J'ai aussi dû porter un appareil dentaire. En plus, lorsque j'étais plus jeune j'avais beaucoup de taches de rousseurs, ce qui faisait rire les garçons. Et je ne vous parle même pas des sports ! Ajoute-t-elle en roulant les yeux vers le haut. Je suis si mauvaise que personne ne me choisissait lorsqu'il était temps de faire des équipes à l'école.

— Voyons, Irène je suis certain que vos parents sont fiers de vous.

— Oh oui ! Je rapportais de beaux bulletins. J'ai toujours été la meilleure à l'école, dit-elle fièrement.

— Vous voyez ! Comme moi vous aimez les livres. Et je n'ai pas vu vos sœurs, mais je suis certain que vous n'avez rien à leur envier question beauté. Quant au sport, moi, vous savez, je ne suis pas doué non plus ! Et pour le camping encore moins ! ajoute Victor en riant, ce qui a pour effet de détendre Irène, qui s'esclaffe à son tour.

— Vous êtes gentil Victor et si calme ! J'aime être avec vous, vous m'apaisez.

— Alors, vous n'aimiez pas être avec Henri ? ose demander Victor.

— C'est un homme très gentil, très athlétique, déterminé et compétitif. Oui ! Compétitif, c'est le meilleur terme pour le décrire. Insatisfaite de son explication elle croit bon d'ajouter : Il n'arrête jamais.

« *Je vais vous apprendre à faire un feu sans allumette Irène ; je ferai de vous une vraie femme des bois. Et cet hiver, je vous emmènerai faire de l'alpinisme ! Vous verrez que le camping à flanc de montagne, ça, ça vous endurcit !*

« Quelle horreur ! Rien qu'à y penser, cela m'a glacé le sang ! J'ai finalement trouvé une excuse et me suis défilée.

— Vous n'êtes pas allé camper avec les scouts ?

— Non. J'ai réalisé que, moi, je n'aime pas les super héros. Je ne veux pas d'un homme pour faire l'envie des autres ou être une autre, je suis moi. Ce que j'aime, c'est les livres, les promenades dans les parcs, la banlieue, le calme, les musées, les chiens…

— Les chiens ! Gustave ! se rappelle Victor, excusez-moi Irène, c'est qu'il se fait tard ! je dois rentrer. Gustave doit être inquiet et surtout avoir hâte de sortir faire sa promenade !

— Oh ! je comprends, ce n'est pas toujours simple d'être propriétaire d'un chien ! Mais je vous envie tout de même, dit Irène, qui s'est levée à son tour manifestement déçue du départ imminent du pharmacien.

— C'est votre faute si j'ai cette responsabilité, après tout ! dit en riant Victor. De plus, je dois lui donner à nouveau un bain pour nous débarrasser, je l'espère, une fois pour toutes, de cette horrible odeur de moufette !

Comme Irène rit de bon cœur, Victor en profite pour dire :

— J'aimerais beaucoup vous revoir, vous savez. Si la routine d'un vieux garçon pharmacien et de son chien vous intéresse ! dit-il dans un souffle les yeux pleins d'espoirs.

— Et moi donc ! J'ai très hâte de voir à nouveau.

— Est-ce que je peux vous inviter samedi prochain chez moi ? Je vous montrerai mes modèles réduits et Gustave sera si content de vous voir !

— Bien sûr, s'empresse de répondre Irène. Je serais ravi ! Est-ce vous voulez que j'apporte quelque chose ?

— Non, non ! Outre votre bonne humeur, bien sûr ! dit Victor en enfilant sa veste, puis, comme il ouvre la porte pour sortir, il ajoute, alors vous viendrez samedi après-midi ? nous pourrions bavarder avant le repas ?

— Merveilleux ! Il me tarde déjà d'y être.

Comme il descend les marches, Victor s'arrête subitement, puis revient sur ses pas pour demander :

— Vous n'êtes pas végétarienne ?

— Non, pas du tout !

— Parfait ! Gustave aurait été déçu ! lance Victor, ce qui fait bien rire Irène.

Le barbecue

Une fois dans son lit, Victor peine à trouver le sommeil. Tout excité, il ne peut s'empêcher de penser à Irène, aux cheveux d'Irène, au petit nez d'Irène, à quel point il a hâte de revoir Irène... Et Irène par-ci et Irène par là.

Intrigué de savoir son maitre encore éveillé, Gustave s'amène dans la chambre.

— Ah, Gustave ! Mon chien, viens ici, lui montre Victor en tapant de la main sur le côté du matelas.

Comprenant la demande, le chien s'approche en agitant la queue et vient s'appuyer la mâchoire sur le lit à côté du visage de son maitre.

— Tu l'aimes bien toi aussi Irène n'est-ce pas ?

— Hein, Irène ? La fille aux gâteries au bacon ?

— Cela ne t'ennuie pas qu'elle vienne nous voir donc ?

— Hein ?...

— Elle va venir manger samedi !

— Manger ? Jappe Gustave en remuant la queue de plus belle.

— Mais qu'est-ce que je vais bien pouvoir lui cuisiner ? Mmm… s'interroge Victor.

— Hum ?...

— Elle aime la viande, alors nous pourrions lui faire… Mmm… Mais bien sûr, du barbecue !

— Heu ? …

— Le seul problème, c'est que je n'ai pas de barbecue ! Mmm… Eh bien, a que cela ne tienne, on va s'en offrir un !

— Hum ?...

— Absolument, mon chien ! Un barbecue tout neuf où l'on fera cuire des brochettes, des steaks, et même des saucisses !

— Des saucisses ?

— Oui, des saucisses, mon chien ! Plein de saucisses !

— Oh, oui ! Oh, oui ! Des saucisses !

— D'accord alors il est temps de dormir, car demain je dois aller acheter un barbecue et demander des recettes à Marcel et à Paulette. Je pourrais même aller à la bibliothèque pour un livre de recettes de cuisson sur barbecue ? dit Victor en s'assoyant droit dans son lit, trouvant son idée géniale. « Non, un peu de retenue tout de même. », se dit-il en éteignant la lumière avant de se recoucher.

— Bonne nuit, Gustave !

— Quoi, on ne mange pas de saucisse ?

— Va te coucher Gustave.

2

Au saut du lit, après ses trois genoux flexions, Victor se presse de préparer le petit déjeuner puis sort le break du garage sous les jappements ahuris de Gustave.

— On va faire du camping ?

— Non Gustave, ne t'emballe pas ! Nous n'allons pas faire du camping. Je dois seulement faire des achats.

— Hein ?

Après la promenade, Victor se prépare à partir et Gustave le suit au pas, certain de devoir monter dans la voiture.

— Non, mon chien tu ne viens pas cette fois. Je dois aller travailler aussi. Mais je reviens ce soir !

Laissé seul, Gustave tout penaud se demande :

« Pourquoi le maitre ne m'a-t-il pas amené ? Je ne pue presque plus pourtant ! » se dit Gustave en allant se coucher sur le tapis d'entrée.

« C'est trop injuste ! Pfft ! »

Gustave en est là de ses jérémiades, lorsqu'en se virant sur lui-même pour trouver une position plus confortable, il aperçoit une ombre passer devant l'étroite, mais longue fenêtre qui longe la porte d'entrée. « Hein ? » Intéressé, il sonde un moment l'horizon qu'offre la petite vue.

« J'avais pourtant cru voir un chat… »

Puis, ne voyant rien de suspect, il s'installe en boule sur le tapis en lâchant un long soupir.

« Et puis je n'ai pas le temps pour un chat, je suis occupé à bouder, bon ! »

3

Victor revient à la maison en fin de journée. Lorsqu'il active la porte du garage, Gustave sort à sa rencontre et jappe en tournant autour de la voiture.

— C'est bien moi Gustave, viens voir ce que je rapporte.

Le pharmacien fait le tour de la voiture pour ouvrir la porte arrière du break et d'un geste théâtral il dévoile une grosse boite.

— Tadam !

— Hein ? C'est ça, ta surprise ?

— Ne fais pas cette tête, voyons ! C'est un barbecue !

— Et ça se mange, ça ? interroge Gustave du regard.

Non convaincu, le chien accompagne tout de même Victor, qui peine à sortir son achat du coffre de la Volvo.

Après plus d'une heure de lectures du plan, de grattages de tête, de montage et plusieurs de tentatives ratées, Victor se recule et regarde son barbecue tout neuf enfin prêt à l'usage.

La noirceur s'installe déjà, mais rien ne pourrait empêcher le pharmacien d'essayer son nouveau barbecue le soir même.

— Maintenant, allons chercher les briquettes !

— Briquettes ?

— Oui, il faut mettre les briquettes de charbon de bois et puis allumer.

Le chien ne comprend rien, mais écoute tout de même avec beaucoup d'attention.

Maintenant, allons chercher la viande !

— Viande ! Ça, je connais ! Ça devient intéressant, ce jeu !

Se pourléchant les babines, Gustave suit Victor au pas.

— Attends, tu vas voir ce que j'ai pour toi, mon Gustave ! Cela vient du boucher de la rue principale !

Sortant fièrement un steak puis des saucisses d'un emballage de papier kraft. Le pharmacien les place dans une assiette et se dirige vers le barbecue. Avec Gustave, qui tourne autour de lui et la lumière qui décline, Victor perd l'équilibre en butant sur un monticule de gazon et plonge vers l'avant, s'affalant de tout son long sur l'herbe tout comme le steak et les saucisses.

En moins de deux, Gustave s'est emparé des saucisses qu'il dévore avec appétit.

Quant à Victor, lunettes, de travers, il crache un bout de gazon qui s'était inséré dans sa bouche et s'efforce de se relever non sans difficulté.

Gustave a déjà terminé ses saucisses et s'avance maintenant en direction du steak. Avec empressement, Victor s'empare du steak sous le nez du chien :

— N'y pense même pas !

Victor regarde le steak parsemé de bouts d'herbe et entre le rincer à la cuisine. Le chien l'a suivi et s'assoit à ses côtés en remuant la queue.

— C'est compliqué ce jeu, mais j'aime ça, moi, le barbecue !

— Mmm…

— Quoi ? Pourquoi ce regard ? Qu'est-ce que j'ai fait ?

Le lendemain, Victor installe une lampe au jardin pour éviter un autre incident. Puis, il sort des côtelettes qui cette fois se rendent jusqu'au gril sans encombre.

— Marcel est un fin connaisseur en matière de cuisson sur le barbecue, il m'a dit qu'il faut les faire cuire 10 minutes de chaque côté. Tu vas voir Gustave, la viande, c'est bien meilleur lorsqu'elle est cuite !

Gustave reste de garde aux côtés de l'appareil, alors que Victor met la table à l'intérieur.

Lorsque les 10 minutes sont écoulées, Victor revient à l'extérieur, soulève le couvercle du barbecue pour constater que les côtelettes sont à moitié carbonisées.

« Mmm… Peut-être était-ce 10 minutes en tout… », songe Victor.

Lorsqu'enfin les deux amis goutent leur repas. Victor regarde d'un air dédaigneux sa côtelette noircie d'un côté et à peine cuite de l'autre. Puis, se calant le menton dans la main, regarde Gustave qui, la tête dans sa gamelle, dévore sa côtelette avec appétit.

— Au moins, il y en a un de nous deux qui raffole du repas !

Gustave se pourlèche les babines puis vient s'assoir à côté de Victor en agitant la queue de contentement.

— Wouaf !

— Je suppose que cela veut dire que tu veux la mienne également ?

— Hein ? Qu'est-ce que tu demandes là ?

— Tiens, la voilà ! dit Victor en vidant son assiette dans la gamelle du chien.

— Je rêve ou quoi ? Il suffit de demander ?

Trop occupé à dévorer la côtelette, Gustave n'écoute pas les bavardages du pharmacien qui pense tout haut :

— La bonne nouvelle, c'est qu'il nous reste encore quelques jours pour nous perfectionner.

4

— Vous aimez le barbecue j'espère ? demande Victor lorsqu'il ouvre la porte.

— J'adore le barbecue!

— Barbecue? Miam ! Miam !

Irène ne peut s'empêcher de s'esclaffer en voyant Victor affublé d'un tablier rouge à carreaux et coiffé d'une toque de chef assortie.

Pour démontrer qu'il en pense la même chose, Gustave se passe une patte sur les yeux. Ce qui a l'effet de faire rire la belle de plus belle.

— Qu'est-ce qu'il y a vous deux ? Vous n'aimez pas ma tenue de chef? demande Victor en se croisant les bras puis affichant une moue d'un air faussement fâché.

C'est dans la bonne humeur que le trio s'active à la préparation du repas. Victor aux commandes du gril, supervisé par Gustave, et Irène au poste des condiments et salades.

Rien ne semble pouvoir assombrir cette journée, même Mère Nature affiche un ciel sans le moindre nuage. Victor réussit à merveille la cuisson de la viande et fièrement l'apporte à la table où l'attend Irène, qui applaudit. Gustave manque bien de faire trébucher Victor en le collant de trop près, mais son maitre évite le pire.

Alors que les humains s'attablent, l'attention de Gustave est attirée par un mouvement à la limite gauche de son champ de vision : un chat !

Attiré lui aussi par la bonne odeur de viande, le matou s'est faufilé entre les barreaux de la clôture de la voisine. Lorsqu'il voit Gustave, il stoppe sa démarche nonchalante, une patte suspendue dans les airs, attendant la réaction du chien et jugeant de ses options de fuite possible.

— Ah ! Attend un peu que je t'attrape, vermine ! jappe, Gustave en se lançant à la poursuite du chat.

— Non, Gustave ! Laisse ce chat !

— Ne t'en fais pas Maitre, elles n'arrosent pas ces horribles bestioles !

De peur, le chat grimpe à l'arbre du jardin. Gustave le menace toujours en aboyant, puis s'étirant de tout son long, les pattes accolées au tronc. Le chat n'a d'autre choix que de grimper encore plus haut. Lorsque le matou réalise qu'il est incapable de redescendre, il s'aventure sur une branche qui tend vers un terrain voisin. S'avançant dangereusement, le chat évalue ses distances pour rejoindre le rebord en métal de la piscine qui trône au centre du terrain convoité. Lorsqu'enfin saute le félin et que ses pattes de devant touchent le bord, il se dit — l'espace d'une seconde — qu'il un véritable chat acrobate ! Mais quand ses pattes arrière arrivent, son poids le déstabilise et il tombe à l'eau !

De l'autre côté de la clôture, chez Victor, on attend un « plouf ! » puis un « Miaaaowww ! ».

Paniqué, le matou nage vers le bord. Malgré sa peur de l'eau, il est bon nageur et atteint vite l'échelle. Il s'y hisse en vitesse avant de déguerpir chez lui où, trempé et mort de honte, il se faufile sous un lit.

— Oh ! Mon dieu, que t'arrive-t-il Mistigri ! hurle la voisine, madame Lampron, voyant la trace d'eau laissée par le passage de son chat.

De l'autre côté de la clôture, Victor et Irène se regardent stupéfaits. Gustave, lui, lance quelques aboiements supplémentaires.

— Et ne reviens plus chez moi ! Espèce de pantoufle mouillée !

Le chien remue la queue, visiblement content d'avoir fait fuir le chat de la voisine.

— Gros pas beau ! Tu es moins fier maintenant, hein ? Pantoufle mouillée ! Ah ! Ah ! Ah ! rigole Gustave en se roulant dans le gazon.

Après avoir bien festoyé, Gustave s'endort sur son coussin au salon pendant que Victor et Irène rangent les restes et nettoient la vaisselle. Soudain, leur attention est attirée par les gyrophares d'une voiture de police qui s'arrête devant la maison. Les deux échangent un regard inquiet puis Victor s'exclame :

— Non, elle n'a pas appelé la police ?

— Vous croyez que votre voisine a appelé la police pour Gustave ?

Victor explique à Irène que madame Lampron a déjà menacé de le faire.

— Tout de même, Victor ! Elle n'irait pas jusque-là ! dit Irène n'y croyant pas.

Quand la sonnette de la porte d'entrée se fait entendre, Gustave jappe en réponse à l'alerte. Les deux se regardent les yeux exorbités de stupeur.

— Restez ici, Irène avec Gustave, je vais répondre.

Quand Victor ouvre, c'est deux policiers qu'il trouve sur le pas de la porte.

— Bonsoir, monsieur vous avez bien un chien ? demande l'un des deux.

— Heu... Oui ! Pourquoi ? demande Victor en regardant derrière lui en direction de Gustave en fronçant les sourcils. Ce dernier déglutit et recule d'un pas d'un air effrayé.

— C'est que votre voisine a fait une plainte.

Victor explique alors aux policiers sa version de l'incident.

— Je comprends, dit le policier. Le chat a eu plus de peur que de mal. Mais vous comprendrez que nous devons tout de même faire notre travail.

Victor respire mieux en voyant que les policiers ne prennent pas la plainte au sérieux. Avec un petit sourire entendu, le plus jeune des policiers tourne les talons et Victor, main sur la poignée de la porte, se prépare à leur dire au revoir quand l'un des deux policiers est pris d'une idée subite :

— Comme c'est un chien de bonne taille, nous devons vérifier qu'il n'y a pas eu de plainte antérieure. Victor fronce les sourcils d'interrogation. Une simple formalité, l'assure le policier avec bonhommie. Il est enregistré n'est-ce pas ?

— Bien sûr, intervient Irène, il a sa médaille au cou.

— Parfait ! dit le policier. Je vais prendre le numéro en note et vérifier à la centrale !

Une fois cette formalité complétée, les policiers prennent congé. Victor, ferme la porte avec un soupir de soulagement.

— Enfin ! Je suis désolé pour cette fin de soirée mouvementée, Irène !

— Oh ! ne vous en faites pas Victor, après tout Gustave est un chien de garde, il ne craint même pas les ours !

— Et encore moins les moufettes !

Les deux s'esclaffent au souvenir de l'anecdote.

À l'annonce de son nom, Gustave a dressé les oreilles. Ne courant aucun risque, il décide d'inspecter les alentours.

« Moufettes ? Où ça, où ça ? »

Ne flairant pas l'odeur pestilentielle caractéristique de la petite bête et se sachant tiré d'affaire, Gustave retourne s'installer sur son coussin tandis que Victor invite Irène à prendre un café.

Alors qu'il montre fièrement sa collection d'avions miniature à Irène, on sonne de nouveau à la porte. Gustave jappe en réponse à cette visite incongrue.

— Encore ? Impossible de dormir ici ?

Victor ouvre la porte pour découvrir les deux mêmes policiers ainsi qu'un préposé de la fourrière armé d'un lasso de capture.

— Qu'y a-t-il encore, monsieur l'agent ? demande Victor inquiet.

— Après vérification monsieur, il s'avère que vous n'êtes pas le propriétaire de ce chien.

— Mais c'est mon chien !

— Non, selon les indications de sa licence, il appartient au refuge pour chien de la rue principale.

Croyant qu'il ne s'agit que d'une erreur, Victor s'adoucit et explique :

— Je comprends la confusion, j'ai adopté ce chien il y a peu de temps.

— Ce n'est qu'une formalité administrative, monsieur l'agent intervient Irène.

— Je crains que non, madame. Je viens de parler au propriétaire qui nous a indiqué que ce chien est dangereux.

— Quoi, mais quel propriétaire ? C'est mon chien ! Et il n'a rien de dangereux ! s'énerve Victor.

Sur l'entrefaite, le vétérinaire du refuge, arrive sur place.

— Ah ! Docteur, dit Irène avec soulagement, voudriez-vous s'il vous plait expliquer à ces policiers…

— Irène ? Vous, ici ? dit le vétérinaire d'un air ahuri. Puis, regardant Victor et à nouveau Irène, il ajoute : je ne vous croyais pas… dit-il, levant le nez d'un air dédaigneux.

— Oh ! s'offusque Irène.

— Qu'est-ce que vous sous-entendez, docteur ? dit Victor furieux.

— Je vois ce que je vois !

— Comment osez-vous ! crie Irène. Vous êtes jaloux, ma parole !

— Moi ! jaloux ? Vous fabulez ma pauvre fille…

— Vous êtes un grand malade docteur ! Il faut vous faire soigner ! ajoute Victor, le visage cramoisi.

— Donnez-moi ce chien, monsieur l'agent, j'en suis responsable, dit le vétérinaire qui s'est tourné vers les policiers. Ce chien a des antécédents de violence, il est en probation. Il a déjà mordu. Il devra être euthanasié !

— Quoi ? Jamais ! vous m'entendez, c'est mon chien, vous n'avez pas le droit, crie Victor, furibond.

Bouleversée, Irène fond en larmes.

Voyant son maitre énervé et Irène en pleurs, Gustave s'agite et pleurniche.

— Ne pleure, pas Gustave, ils ne vont pas te PIQUER ! fulmine Irène serrant les poings avec rage.

« Piquer ? »

À ces mots, Gustave réagit :

— Tu veux me piquer, toi ? grogne-t-il en montrant les crocs au vétérinaire.

— Vous voyez ? Il est agressif ! Je vous avais prévenu, Irène !

— Attendez, dit l'un des policiers, qui s'est interposé entre Irène et l'homme.

— Il y a visiblement plusieurs conflits ici, dont un triangle amoureux !

Irène étouffe un cri puis, rouge de honte, se camoufle le visage de ses mains.

— Alors, pour empêcher que ce chien en fasse les frais, poursuit le policier, nous l'emmenons à la fourrière. Vous passerez devant le juge des affaires municipales, c'est lui qui tranchera.

— Quant à vous, s'adresse le deuxième policier au vétérinaire, vous quittez les lieux avec nous.

Victor s'est approché d'Irène et entoure sa taille de son bras. Tous deux regardent Gustave qui, muselé, est emmené par le préposé de la fourrière.

Une fois devant son appartement, où Victor l'a raccompagné en voiture, Irène se tourne vers lui, l'étreint, puis l'embrasse sur la joue.

— Tout ira bien Victor ! Ayez confiance, je serai à vos côtés et nous vaincrons.

Le procès

À la demande du greffier, tous se lèvent à l'entrée du juge, un homme de forte stature à la voix grave et intimidante :

— Asseyez-vous ! Qu'avons-nous donc ce matin ? s'interroge le juge tout haut. Une histoire de chien méchant ! Allons, faites entrer l'accusé !

Le préposé de la fourrière entre avec Gustave, qui porte une muselière, puis se dirige vers le box des accusés sur la gauche. À la vue de Victor et d'Irène, Gustave agite la queue.

— Il n'a pas l'air bien méchant, ce chien ! dit le juge. Restez à côté du box, que l'on puisse voir l'accusé s'il vous plait, monsieur ?

— Bob, dit le préposé.

— Ne vous fiez pas aux apparences, monsieur le Juge ! s'exclame madame Lampron, qui s'avance d'un pas décidé vers l'avant. Ce chien est un criminel !

— Et qu'a-t-il fait de si terrible ce chien madame ?

— Il a intenté à la vie de mon chat !

— Votre chat ? Saviez-vous madame, qu'il est de notoriété publique que les chats et les chiens sont depuis toujours des ennemis ? dit le juge, irrité de se faire déranger pour une cause pareille.

— Mais, Mistigri en a perdu l'appétit et...

— Est-ce que l'on me dérange vraiment pour ça ce matin ? dit le juge d'un air furieux en jetant un regard mauvais au greffier.

— Non, Monsieur le juge, dit l'un des policiers en s'avançant à son tour.

— Bon, quelqu'un qui m'a l'air sensé. Dites-moi tout ! Agent ?

— Dupont, Monsieur le juge. Nous avons été appelés par cette dame, déclare le policier en désignant madame Lampron (la voisine de Victor) du menton. Puis, nous avons noté que cet homme, qui se disait le propriétaire du chien, ne l'était pas en fait.

— Hum... continuez.

Encouragé, le policier consulte ses notes et continue.

— Après avoir vérifié son collier, il s'avère que le chien appartient au refuge animalier. Nous avons donc appelé le propriétaire qui s'est déplacé pour récupérer le chien.

— Continuez, dit le juge en l'encourageant d'un geste de roulement de la main.

— Selon les dires du vétérinaire, le chien aurait des antécédents de violence, cependant nous n'avons pas trouvé de plaintes antérieures.

— Il a mordu le préposé de la fourrière ! intervient le vétérinaire.

— Tous les chiens mordent les préposés de la fourrière ! N'est-ce pas Bob ? demande le juge en se tournant vers le préposé.

— Hein… ?

— Vous êtes blessé, Bob ?

Regardant d'abord le vétérinaire, qui acquiesce en hochant de la tête avec insistance, Bob tourne le regard vers l'intimidant juge, hésite et répond enfin :

— Bah, non !

— Vous voyez ! Même moi, j'ai envie de le mordre ! Vocifère le juge, ce qui déclenche des rires dans la salle.

Voyant que la situation ne tourne pas en sa faveur, le vétérinaire s'empresse d'ajouter :

— Mais, il est de mon devoir de protéger les gens ! Imaginez que ce chien morde un enfant ? ajoute-t-il en jetant un regard circulaire dans l'audience.

Les propos alarmants du spécialiste jettent un froid. Les gens, soudain indécis, échangent des regards.

— Qui est le propriétaire de ce chien ?

— Moi ! disent en chœur le vétérinaire et Victor, qui se sont levés en même temps.

Le juge regarde Victor, puis le vétérinaire.

— Je sens que cette affaire sera pénible ! dit le juge en secouant la tête.

Après avoir entendu les versions du vétérinaire puis celle de Victor, le juge les sommes de se taire et demande :

— Qui est Irène, dans tout ce vaudeville ?

— C'est moi, Monsieur le juge, dit Irène, qui s'est levée.

— Alors vous travaillez comme bénévole à ce refuge et vous vous êtes prise d'affection pour ce vieux chien…

— En effet, répond Irène ; et il m'est impossible de prendre des animaux chez moi !

— Continuez…

— C'est pourquoi je suis si heureuse que monsieur Victor ait accepté de prendre Gustave chez lui pour lui sauver la vie ! Gustave est un bon chien, contrairement à ce que dit …

— Laissez-moi juger de ça, la coupe le juge. Ce dernier consulte ses notes avant d'ajouter avec un brin d'ironie : vous avez noté, agent Dupont, qu'il y a un triangle amoureux dans cette « sombre » histoire.

— En effet, il semble que les deux hommes courtisent tous deux la jeune femme ici présente.

— Je confirme ! claironne madame Melançon, qui, tel un char d'assaut, vient de faire son entrée dans la salle d'audience (Margot sur les talons).

— Voilà autre chose ! Et qui êtes-vous, vous ? demande le juge qui manifeste des signes d'impatience. Greffier ! Apportez-moi des cachets d'aspirine, voulez-vous ? demande le juge avant de poursuivre : Et qu'est-ce que vous venez faire dans cette histoire ?

Alors suit tout un brouhaha où tout le monde tente de parler en même temps.

Pendant que le tribunal nage en plein chaos, le juge se secoue la tête de droite à gauche en signe de découragement puis se tourne vers Gustave avec un air compatissant avant de frapper son heurtoir d'un violent coup de maillet.

— Suffit !

L'assemblée se tait immédiatement.

— Bon, c'est mieux, dit le juge. Alors, si je comprends bien : le vétérinaire veut se débarrasser du chien, et le pharmacien, lui, veut garder le chien. C'est bien ça ?

Dans la salle, les gens se regardent les uns les autres avant que quelques-uns secouent la tête de bas en haut en signe d'assentiment.

— Parfait, alors vous, là, le vétérinaire.

— Oui ? s'empresse de répondre l'interpelé.

— Vous avez des enfants ?

— Heu… non, mais je ne vois pas le rapport…

Assénant un violent coup de maillet, le juge dit :

— Taisez-vous ! Ou je vous mords !

Certains répriment un sourire, pour d'autres, l'éclat du juge déclenche des fous rires.

— Et vous ? s'adressant à Victor, vous avez des enfants ? demande le juge.

— Non.

— Bon ! Et vous, mademoiselle, vous n'avez pas d'enfant ?

— Non, votre honneur.

Bon ! Une chose de réglée. Maintenant, dites-moi mademoiselle, vous préférez le vétérinaire ou le pharmacien ?

L'auditoire éclate de rire.

Interloquée, Irène est incapable d'articuler une réponse audible. Néanmoins, avec le visage rouge d'émotion elle se tourne vers Victor, les yeux pleins d'espoirs.

Sans une once d'hésitation et à l'étonnement général, Victor s'agenouille devant Irène et dans un souffle lui demande :

— Voulez-vous m'épouser Irène ?

— Oui, je le veux ! dit Irène sur le même élan.

— Bon ! De mieux en mieux ! dit le juge.

Voyant que Victor reste planté là, avec un sourire niais le juge s'impatiente.

— Vous attendez quoi ? demande-t-il à Victor d'un air sévère. Mais embrassez là, donc ! aboie le juge avec impatience.

Victor se relève et avant même d'avoir le temps de s'avancer, Irène lui saute au cou et l'embrasse avec fougue.

Alors que les amoureux se regardent comme s'ils étaient seuls au monde et que madame Melançon (qui n'est pas si dure au fond), essuie une larme, les deux policiers échangent un regard entendu puis commencent à applaudir — geste bien vite imité par le reste des spectateurs. Enfin, presque tous, puisque le vétérinaire et madame Lampron, eux, se retirent sans demander leur reste.

Du haut de son siège, le menton enfoncé dans sa main, le juge regarde un moment la scène avant d'asséner encore une fois un violent coup de maillet.

— Bon et bien, je vous condamne au mariage et à l'adoption définitive de ce chien, que je vous recommande de garder en laisse dans les endroits publics.

— Si je ne me retenais pas, je vous embrasserais aussi Monsieur le juge ! dit Irène en sautillant tout excitée.

— Irène ! dit Victor médusé.

— Moi aussi je vous embrasserais bien votre honneur ! lance madame Melançon, les mains croisées sur le cœur.

Pour signifier qu'elle aimerait bien elle aussi embrasser l'homme de loi, Margot, lève un doigt dans les airs avec un petit sourire timide.

— Et vous, le pharmacien ? Vous voulez m'embrasser vous aussi ?

— Eh bien… heu…

— Bon, cela suffit avec les embrassades, tout le monde dehors ! hurle le juge. Cause suivante !

— Monsieur le juge, je suis ici, car mon voisin a une conduite scandaleuse !

— Et quelle est cette conduite scandaleuse ?

— Il refuse de tailler son gazon !

— Sortez de mon tribunal !

« Enfin libre ! », se dit Gustave en s'ébrouant de plaisir une fois à l'extérieur de l'hôtel de ville.

— Dites donc Irène, vous en avez des prétendants ! Même le juge semblait sensible à vos charmes…, dit Victor d'un air faussement outré.

— Ne soyez pas jaloux Victor, rétorque Irène en glissant son bras sous le sien avant d'ajouter d'un air complice : Et si nous allions manger ? Toutes ces émotions, ça donne faim ! Pas vrai Gustave ?

— Oh oui !

Table

Imprimé au Canada